COLLECTION FOLIO

John Cheever

Une Américaine instruite

précédé de

Adieu, mon frère

Traduit de l'américain
par Dominique Mainard

Gallimard

Ces nouvelles sont extraites du recueil
Déjeuner de famille (Joëlle Losfeld, 2007).

Titres originaux :
GOODBYE, MY BROTHER
AN EDUCATED AMERICAN WOMAN

Né dans le Massachusetts en 1912, à Quincy près de Boston, John Cheever descend d'une lignée de capitaines au long cours et d'armateurs. Son père fait faillite lors de la crise de 1929 et c'est sa mère qui, grâce à sa boutique de cadeaux, fait vivre la famille. À dix-sept ans, renvoyé de son collège, il écrit sa première nouvelle. Près de deux cents suivront… Il commence alors une longue collaboration avec *The New Yorker* dont il devient le chef de file. Surnommé le « Tchekhov des banlieues », il s'est attaché à raconter la *middle class* américaine. Au-delà de la condition sociale de ses personnages, tiraillés entre carcan de la norme et désarroi existentiel, il a imposé sa vision douce-amère du monde, entre acidité et mélancolie. Il publie *Les Wapshot* en 1957, roman pour lequel il reçoit le National Book Award. À la fois tragique et drôle, ce récit picaresque et grivois dévoile les faux-semblants et les excentricités provinciales, la fragilité des rituels sociaux des authentiques Yankees, et inscrit cette chronique familiale dans la tradition de Trollope, Dickens et Henry James. En 1964 paraît la suite : *Le scandale Wapshot*. Il est l'auteur de trois autres romans : *Les lumières de Bullet Park*, *L'ange sur le pont* et *Falconer* en partie inspiré de son expérience d'enseignant à la prison de Sing Sing. Il est récompensé par le prix Pulitzer en 1978 pour *The Stories of John Cheever* et meurt à New York en 1982.

Encore mal connu en France malgré une œuvre considérable, John Cheever est célébré comme le meilleur styliste de sa génération par John Updike, encensé par Saul Bellow et Vladimir Nabokov.

Découvrez, lisez ou relisez les livres de John Cheever :

LES WAPSHOT (Folio n° 4714)

LES LUMIÈRES DE BULLET PARK (Folio n° 4827)

Adieu, mon frère

Notre famille a toujours été très unie. Notre père s'est noyé en faisant du voilier quand nous étions enfants, et notre mère nous a répété inlassablement que les liens familiaux ont une sorte de permanence que nous ne retrouverons jamais. Je ne pense guère à ma famille mais, quand je me remémore ses membres, la côte où ils ont vécu et le sel de mer qui, je le pense, coule dans nos veines, je me souviens avec bonheur que je suis un Pommeroy — que j'ai leur nez, leur carnation, leur promesse de longévité — et que, même si notre famille n'est pas illustre, nous savourons quand nous sommes réunis l'illusion que les Pommeroy sont uniques. Je ne dis pas cela parce que la généalogie m'intéresse ou que ce sentiment d'unicité est profond ou important à mes yeux mais pour souligner le fait que nous sommes loyaux les uns envers les autres, en dépit de nos différences, et que toute rupture de cette loyauté est source de confusion et de souffrance.

Nous sommes quatre enfants ; il y a ma sœur Diana et les trois garçons — Chaddy, Lawrence et moi-même. Comme c'est le cas dans la plupart des familles dont les rejetons ont dépassé la vingtaine, nous avons été séparés par nos professions, nos mariages et la guerre. Helen et moi vivons à Long Island à présent, avec nos quatre enfants. J'enseigne dans le secondaire et j'ai dépassé l'âge où j'espérais être promu directeur — ou principal, comme on dit — mais je respecte mon travail. Chaddy, qui a mieux réussi que les autres, habite Manhattan avec Odette et leurs enfants. Mère vit à Philadelphie, et Diana, depuis son divorce, habite en France, mais elle revient aux États-Unis l'été pour passer un mois à Laud's Head. Laud's Head est un lieu de villégiature sur la plage d'une des îles du Massachusetts. Autrefois nous y possédions un cottage et, dans les années 20, notre père a construit la grande maison. Elle trône sur une falaise au-dessus de l'océan et, à l'exception de Saint-Tropez et de certains villages des Apennins, c'est l'endroit que je préfère au monde. Nous en possédons chacun une part et nous versons une somme d'argent pour contribuer à son entretien.

Notre plus jeune frère, Lawrence, qui est avocat, est entré dans un cabinet de Cleveland après la guerre, et aucun d'entre nous ne l'a revu pendant quatre ans. Quand il a décidé de quitter Cleveland et d'aller travailler dans un cabinet à Albany, il a écrit à Mère pour lui dire qu'entre ces deux emplois il passerait dix jours à Laud's Head en compagnie de sa femme et de leurs deux enfants. C'était la période où j'avais prévu de prendre mes vacances — j'enseignais à l'université d'été —, Helen, Chaddy, Odette et Diana seraient présents également, aussi toute la famille allait-elle être réunie. Des différents membres de la famille, Lawrence est celui avec lequel nous avons le moins de choses en commun. Nous ne l'avons jamais beaucoup fréquenté, et je suppose que c'est pour cette raison que nous l'appelons encore Tifty — un surnom dont il a hérité enfant car, quand il arrivait dans le couloir menant à la salle à manger pour le petit déjeuner, ses chaussons faisaient un bruit qui ressemblait à *Tifty, Tifty, Tifty*. C'est ainsi que Père l'appelait, et tout le monde l'imitait. Quand il a grandi, Diana l'a parfois surnommé Petit Jésus, et Mère l'a souvent appelé le Rabat-joie. Lawrence nous était antipathique autrefois mais son retour nous emplissait d'un mélange d'appréhension et de loyauté, ainsi que de la joie et du plaisir de retrouver un frère.

Lawrence est arrivé du continent par le ferry de 16 heures un après-midi à la fin de l'été, et Chaddy et moi-même sommes allés l'accueillir. Les arrivées et les départs du ferry qui circule l'été ont tous les signes extérieurs du voyage — les sirènes, les cloches, les diables, les retrouvailles, et l'odeur de l'eau de mer — mais il s'agit d'un voyage sans importance et, comme je regardais le bateau entrer dans le port bleu, cet après-midi-là, et que je songeais qu'il arrivait au terme d'un voyage sans importance, j'ai pris conscience qu'il s'agissait précisément du genre d'observation qu'aurait pu faire Lawrence. Nous avons cherché son visage derrière les pare-brise tandis que les véhicules quittaient le bateau, et nous n'avons eu aucune difficulté à le reconnaître. Et nous nous sommes précipités, nous lui avons serré la main et nous avons embrassé gauchement sa femme et ses enfants. « Tifty ! s'est écrié Chaddy. Tifty ! » Il est difficile d'évaluer les changements survenus dans l'apparence d'un frère, mais Chaddy et moi sommes tombés d'accord, tandis que nous regagnions Laud's Head en voiture, sur le fait que Lawrence paraissait encore très jeune. Il est arrivé le premier à la maison, et nous avons sorti les valises de sa voiture. Quand j'ai franchi le seuil, il était au salon, en train de discuter avec Mère et Diana. Elles portaient leurs plus beaux vêtements et tous leurs bijoux et lui souhaitaient la bienvenue avec une extrême chaleur mais, même à cet instant, alors que tout le monde s'efforçait de paraître débordant d'affection, et dans des circonstances où ces efforts sont les plus faciles, j'étais conscient d'une légère tension dans la pièce. Y réfléchissant tandis que je montais l'escalier avec les lourdes valises de Lawrence, j'ai réalisé que nos antipathies sont aussi profondément ancrées en nous que nos passions les plus tendres et je me suis souvenu qu'un jour, vingt-cinq ans plus tôt, alors que j'avais frappé Lawrence sur le crâne avec une pierre, il s'était relevé et était allé tout droit se plaindre à notre père.

J'ai porté les valises au deuxième étage où Ruth, l'épouse de Lawrence, avait commencé à installer la famille. C'était une femme maigre et elle paraissait très fatiguée par le voyage, mais quand je lui ai demandé si elle voulait que je lui monte un verre, elle m'a répondu que non, elle n'en avait pas envie.

Quand je suis redescendu, Lawrence n'était pas là, mais tous les autres étaient prêts pour l'apéritif et nous avons décidé de commencer sans lui. Lawrence est le seul membre de la famille qui n'ait jamais aimé boire. Nous avons emporté nos verres sur la terrasse afin de pouvoir contempler les falaises, la mer et les îles à l'est ; le retour de Lawrence et de sa femme, leur présence dans la maison semblaient raviver notre perception du paysage familier et c'était comme si le plaisir qu'ils allaient prendre à la courbe et aux couleurs de cette côte, après une si longue absence, nous était communiqué. Alors que nous étions sur la terrasse, Lawrence a remonté le sentier menant à la plage.

« Est-ce que la plage n'est pas merveilleuse, Tifty ? s'est exclamée Mère. Est-ce que ce n'est pas merveilleux d'être revenu ? Est-ce que tu veux boire un Martini ?

— Ça m'est égal, a répliqué Lawrence. Whiskey, gin — peu m'importe. Sers-moi une goutte de rhum.

— Nous n'avons pas de *rhum* », a répliqué Mère.

C'était la première note d'aspérité. Mère nous avait enseigné à ne jamais nous montrer indécis, à ne jamais répondre comme l'avait fait Lawrence. En outre, elle est profondément attachée aux convenances et tout ce qui ne se fait pas, selon son point de vue, comme boire un rhum sans glaçons ou apporter une cannette de bière à la table du dîner, suscite en elle un conflit qu'elle est incapable de surmonter, en dépit de son sens de l'humour. Elle a perçu l'aspérité et s'est employée à la réparer.

« Est-ce qu'un Irish whisky te ferait plaisir, Tifty chéri ? a-t-elle demandé. Est-ce que tu n'as pas toujours aimé l'Irish whisky ? Il y en a sur le buffet. Pourquoi ne vas-tu pas te servir ? »

Lawrence a répété que ça lui était égal. Il s'est servi un Martini, puis Ruth est descendue et nous sommes passés au salon pour dîner.

En dépit du fait que nous avions, en attendant Lawrence, trop bu avant le repas, nous étions tous désireux de nous montrer sous notre meilleur jour et de savourer une soirée paisible. Mère est une femme fluette dont le visage évoque encore de façon frappante la beauté qu'elle a dû être, et sa conversation est d'une légèreté exceptionnelle, mais ce soir-là elle a évoqué un projet d'assèchement des terres dans le nord de l'île. Diana est aussi jolie que Mère l'a été ; elle est vive, charmante et elle aime nous entretenir des amis dissolus qu'elle s'est faits en France, mais ce soir-là elle a parlé de l'école suisse où elle avait laissé ses deux enfants. Je voyais bien que le menu avait été élaboré pour plaire à Lawrence. Il n'était pas trop riche, et rien n'était susceptible de le faire s'inquiéter d'une quelconque prodigalité.

Après dîner, quand nous sommes retournés sur la terrasse, les nuages étaient baignés d'une lumière pareille à du sang, et j'étais heureux que Lawrence jouisse d'un si spectaculaire coucher de soleil pour son retour. Nous étions dehors depuis quelques minutes quand un homme du nom d'Edward Chester est passé chercher Diana. Elle l'avait rencontré en France ou sur le paquebot qui la ramenait aux États-Unis, et il allait passer dix jours à l'auberge de la petite ville. On l'a présenté à Lawrence et à Ruth, puis Diana et lui s'en sont allés.

« Est-ce que c'est le type avec qui elle couche en ce moment ? a demandé Lawrence.

— Quelle horreur de dire une chose pareille ! s'est exclamée Helen.

— Tu devrais t'excuser, Tifty, a ajouté Chaddy.

— Je ne sais pas, a répondu Mère d'un ton las. Je ne sais pas, Tifty. Diana est libre de faire ce qu'elle veut, et je ne pose pas de questions sordides. C'est ma seule fille. Je ne la vois pas souvent.

— Va-t-elle retourner en France ?

— Elle y retourne dans quinze jours. »

Lawrence et Ruth étaient assis au bord de la

terrasse, à l'écart, pas sur les chaises disposées en cercle. Mon frère, avec ses lèvres serrées, avait l'air d'un ecclésiastique puritain. Parfois, quand j'essaie de comprendre sa tournure d'esprit, je pense aux débuts de notre famille dans ce pays, et la désapprobation qu'il manifestait envers Diana et son amant m'y a fait songer. La branche des Pommeroy à laquelle nous appartenons a été fondée par un pasteur dont Cotton Mather a fait le panégyrique pour son abjuration infatigable du démon. Les Pommeroy ont été pasteurs jusqu'au milieu du XIXe siècle, et la rigueur de leurs pensées — l'homme n'est que misère, et toute beauté terrestre est impure et dépravée — a été conservée dans les livres et les sermons. Le caractère de notre famille a quelque peu changé et est devenu plus léger mais, de l'époque où j'allais à l'école, il me reste le souvenir d'un cousinage de vieillards, hommes et femmes, qui semblaient ressasser les jours sombres du saint ministère et être animés par une culpabilité perpétuelle et la déification du châtiment. Quand on grandit dans cette atmosphère — et, en un sens, cela a été notre cas —, le rejet des habitudes de culpabilité, de dénigrement de soi, de morosité et de repentir est, je crois, une épreuve spirituelle, et il me semblait que Lawrence y avait échoué.

« Est-ce Cassiopée, là-bas ? a demandé Odette.

— Non, ma chérie, a répondu Chaddy. Ce n'est pas Cassiopée.

— Qui était Cassiopée ?

— C'était l'épouse de Céphée et la mère d'Andromède, ai-je dit.

— La cuisinière est une supporter des Giants, a dit Chaddy. Elle parie deux contre un qu'ils vont remporter le drapeau. »

Il faisait si sombre désormais que nous pouvions voir passer dans le ciel le faisceau de lumière du phare de Cape Heron. Dans l'obscurité au pied des falaises résonnaient les explosions continuelles des vagues. Alors, comme souvent quand la nuit tombe et qu'elle a trop bu avant de dîner, Mère s'est mise à évoquer les aménagements et les extensions qui seraient un jour apportés à la maison, les ailes, les salles de bains et les jardins.

« Dans cinq ans cette maison sera à la mer, a répliqué Lawrence.

— Tifty le Rabat-joie, a dit Chaddy.

— Ne m'appelle pas Tifty.

— Petit Jésus.

— La paroi donnant sur l'océan est méchamment fissurée, a poursuivi Lawrence. Je l'ai examinée cet après-midi. Vous l'avez fait réparer il y a cinq ans, et ça a coûté 8 000 dollars. Vous ne pouvez pas recommencer tous les quatre ans.

— Tifty, je t'en prie, a dit Mère.

— Les faits sont les faits, a rétorqué Lawrence, et c'est une idée sacrément idiote de bâtir une maison au bord d'une falaise sur un littoral qui s'effondre. Depuis que je suis né, la moitié du jardin a été emportée par la mer et il y a un mètre cinquante d'eau là où nous avions une cabine de bain autrefois.

— Ayons une conversation d'ordre très *général*, est intervenue Mère d'un ton amer. Parlons de politique ou de la soirée dansante du club nautique.

— De fait, a poursuivi Lawrence, cette maison est probablement en danger au moment même où nous parlons. Si l'océan montait particulièrement haut, s'il y avait un ouragan, la paroi s'écroulerait et la maison s'effondrerait. Nous pourrions tous être noyés.

— Je ne peux pas *supporter* ça », a dit Mère.

Elle est allée à l'office et est revenue avec un plein verre de gin.

Je suis trop vieux désormais pour m'imaginer pouvoir juger des sentiments d'autrui, mais j'étais conscient de la tension existant entre Lawrence et Mère, et j'en connaissais en partie les origines. Lawrence ne devait pas avoir plus de seize ans quand il a décidé que Mère était futile, malveillante, destructrice et d'une puissance excessive. Une fois cela déterminé, il a résolu de se détacher d'elle. Il était en pension à l'époque, et je me souviens qu'il n'est pas rentré à la maison pour Noël. Il a passé les fêtes en compagnie d'un ami. Après avoir établi ce jugement défavorable sur Mère, il n'est revenu que très rarement et, quand c'était le cas, il s'efforçait toujours, par ses propos, de lui rappeler cet éloignement. Quand il a épousé Ruth, il ne l'a pas annoncé à Mère. Il ne lui a pas annoncé la naissance de ses enfants. Mais, en dépit de ces efforts de longue date et réglementés par de sévères principes, il semble, contrairement à nous, n'avoir jamais profité de ces séparations et quand notre mère et lui sont ensemble, on ressent immédiatement une tension, un malaise confus.

Et il est regrettable, en un sens, que Mère ait choisi ce soir-là pour s'enivrer. C'est son droit, et elle ne s'enivre pas souvent et par chance elle n'était pas d'humeur belliqueuse, mais nous avions tous conscience de ce qui était en train de se passer. Tandis qu'elle buvait son gin en silence, elle semblait se détacher tristement de nous ; elle semblait accomplir quelque lointain voyage. Puis son humeur a changé, passant du voyage au préjudice, et les rares remarques qu'elle a émises étaient irascibles et déplacées. Quand son verre a été presque vide, elle a contemplé fixement l'obscurité sous son nez, remuant légèrement la tête à la manière d'un lutteur. Je savais qu'il n'y avait pas suffisamment de place dans son esprit, en cet instant, pour tous les préjudices qui s'y accumulaient. Ses enfants étaient idiots, son mari s'était noyé, ses domestiques étaient des voleuses, et la chaise sur laquelle elle était assise était inconfortable. Soudain, elle a reposé son verre et a interrompu Chaddy, qui parlait de basket-ball.

« Je sais une *chose*, a-t-elle déclaré d'une voix

rauque. Je sais que s'il y a une vie après la mort, j'aurais une famille d'un genre très différent. Je n'aurais que des enfants fabuleusement riches, spirituels et charmants. »

Elle s'est levée et a failli tomber en se dirigeant vers la porte. Chaddy l'a rattrapée et l'a aidée à gravir les marches. Je les ai entendus se souhaiter tendrement bonne nuit, puis Chaddy est revenu. J'aurais cru que Lawrence serait fatigué par son voyage et son retour, à présent, mais il est resté sur la terrasse, comme s'il attendait d'assister à une ultime inconduite, et nous l'avons laissé là pour aller nager dans les ténèbres.

Quand je me suis réveillé le lendemain, ou plutôt réveillé à moitié, j'ai entendu quelqu'un passer le rouleau manuel sur le court de tennis. C'est un son plus ténu et plus grave que celui des balises métalliques flottant au large de la pointe — un tintement métallique à la cadence irrégulière — qui, dans mon esprit, fait partie intégrante du commencement d'une journée d'été, un présage favorable. Quand je suis descendu, les deux enfants de Lawrence étaient au salon, vêtus de costumes de cow-boy. C'étaient des enfants peureux et maigrichons. Ils m'ont dit que leur père était en train de passer le rouleau sur le court de tennis, mais qu'ils ne voulaient pas sortir parce qu'ils avaient vu un serpent sous le pas de porte. Je leur ai expliqué que leurs cousins — tous les autres enfants — prenaient le petit déjeuner à la cuisine et qu'ils feraient bien de se dépêcher d'y aller. À ces mots, le garçon a fondu en larmes. Puis sa sœur l'a imité. Ils pleuraient comme si le fait d'aller manger à la cuisine allait réduire à néant leurs droits les plus précieux. Je leur ai dit de s'asseoir à table avec moi. Lawrence est entré, et je lui ai demandé s'il voulait jouer au tennis. Il a répondu que non, merci, mais qu'il envisageait de faire quelques simples avec Chaddy. Je ne pouvais pas le lui reprocher, car Chaddy et lui-même jouent mieux au tennis que moi et il a effectivement fait quelques simples avec Chaddy après le petit déjeuner ; mais, plus tard, quand les autres sont descendus pour jouer en double, Lawrence a disparu. Cela m'a contrarié — au-delà du raisonnable, j'imagine — mais les doubles que nous jouons en famille valent vraiment le détour, et il aurait pu jouer un set par simple courtoisie.

En fin de matinée, alors que je revenais seul du court, j'ai aperçu Tifty sur la terrasse, occupé à décoller un bardeau du mur à l'aide de son couteau de poche.

« Qu'est-ce qu'il y a, Lawrence ? ai-je demandé. Des termites ? »

Nous avons des termites dans le bois, et elles posent beaucoup de problèmes.

Il a désigné, à la base de chaque rang de bardeaux, une ligne bleue à peine visible de craie de charpentier.

« Cette maison a à peu près vingt-deux ans, a-t-il déclaré. Ces bardeaux ont à peu près deux cents ans. Papa a dû acheter des bardeaux à toutes les fermes des environs quand il a construit la maison, pour lui donner l'air vénérable. On voit encore la craie de charpentier à l'endroit où ces vieilleries ont été clouées. »

Ce qu'il disait au sujet des bardeaux était vrai, bien que cela me fût sorti de l'esprit. Au moment de la construction de la maison, notre père — ou son architecte — avait demandé à ce qu'on la tapisse de bardeaux couverts de lichen et érodés par les intempéries. Je ne voyais pas pour quelle raison Laurence trouvait cela scandaleux.

« Et regarde ces portes, a-t-il repris. Regarde l'encadrement de ces portes et de ces fenêtres. »

Je l'ai suivi jusqu'à une imposante porte à double vantail donnant sur la terrasse, et je l'ai examinée. C'était une porte relativement neuve, mais quelqu'un s'était donné beaucoup de mal pour le dissimuler. La surface en avait été profondément rayée avec quelque instrument métallique, et de la peinture blanche avait été incrustée dans ces rayures pour imiter la dégradation due à l'eau de mer, au lichen et aux intempéries.

« Imagine un peu, dépenser des milliers de dollars pour qu'une maison parfaitement saine ait l'air d'une ruine, a dit Lawrence. Imagine quelle tournure d'esprit cela implique. Imagine que quelqu'un veuille vivre à ce point dans le passé qu'il paie à des hommes le salaire d'un menuisier pour délabrer sa porte d'entrée. »

Alors je me suis souvenu à quel point Lawrence était sensible au temps, et quels sentiments et opinions lui inspirait ce que nous éprouvions au sujet du passé. Des années plus tôt, je l'avais entendu dire que nous, nos amis et ceux de nos compatriotes qui nous ressemblaient, nous révélant incapables de résoudre les problèmes du présent, nous étions tournés, comme un adulte malheureux, vers ce que nous imaginons être des temps plus heureux et plus simples ; notre goût pour la reconstitution et la lueur des bougies donnait la mesure de cet irrémédiable échec. La ligne de craie bleue à peine visible lui avait remis ces idées à l'esprit, la porte scarifiée les avait renforcées et, à présent, les indices lui apparaissaient l'un après l'autre — l'éclairage austère à la porte, la taille imposante de la cheminée, la largeur des lattes de plancher et les pointes métalliques qu'on y avait plantées pour évoquer des chevilles. Tandis que Lawrence discourait sur les points faibles de la maison, les autres sont remontés du court de tennis. Dès que Mère a aperçu Lawrence, elle a eu un mouvement de recul et j'ai compris qu'il y avait peu d'espoir que s'établissent de bonnes relations entre la chef de famille et l'enfant par lequel on lui semblait avoir remplacé le sien. Elle a pris le bras de Chaddy.

« Allons nager et boire des Martini sur la plage, a-t-elle dit. Faisons en sorte de passer une *fabuleuse* matinée. »

Ce matin-là, la mer était d'une teinte opaque, comme une serpentine. Tout le monde est descendu à la plage à l'exception de Tifty et de Ruth.

« Je me fiche pas mal de *lui* », a déclaré Mère. Elle s'était échauffée, et elle a fait basculer son verre et renversé du gin dans le sable. « Je me fiche pas mal de lui. Peu m'importe à quel point il est *grossier, odieux* et *sinistre,* mais ce que je ne peux pas supporter, c'est le visage de ses malheureux petits enfants, ces petits enfants incroyablement tristes. »

Avec la hauteur de la falaise pour nous séparer de lui, nous avons tous parlé de Lawrence avec colère : il était pire qu'avant et non meilleur, il était si différent de nous, il s'efforçait de gâcher le moindre plaisir. Nous avons bu notre gin ; les propos malveillants ont semblé atteindre un crescendo puis, l'un après l'autre, nous sommes allés nager dans l'eau d'un vert opaque. Mais quand nous sommes ressortis, aucun de nous n'a évoqué Lawrence en termes désobligeants ; le fil de la conversation malveillante avait été coupé, comme si la nage était pourvue de la force purificatrice que revendique le baptême. Nous nous sommes séché les mains et nous avons allumé des cigarettes, et s'il a été fait allusion à Lawrence, cela a été seulement pour suggérer, avec gentillesse, quelque activité susceptible de lui plaire. Est-ce qu'il n'aimerait pas aller en voilier jusqu'à la baie de Barin, ou aller pêcher ?

Et à présent je me souviens que, durant le séjour de Lawrence, nous sommes allés nager plus souvent que d'habitude, et je pense qu'il y a une raison à cela. Quand l'irritabilité qui s'accumulait en raison de sa présence commençait à épuiser notre patience, non seulement envers lui mais aussi les uns envers les autres, nous allions nager et nous laver de notre animosité dans l'eau froide. Je revois les membres de la famille, piqués au vif par les reproches de Lawrence, assis sur le sable, je les vois s'avancer dans l'eau, plonger et refaire surface, et j'entends dans leur voix renaître la patience et une bonne volonté inépuisable. Si Lawrence avait remarqué ce changement — cette illusion de purification —, j'imagine qu'il aurait trouvé dans le vocabulaire de la psychiatrie ou dans la mythologie de l'Atlantique quelque nom douteux pour le qualifier, mais je ne crois pas qu'il s'en soit aperçu. Il a donc omis de nommer les pouvoirs curatifs de la mer, mais cela a été l'une des rares occasions de dénigrement qu'il a laissées échapper.

La cuisinière que nous avions engagée cet été-là était une Polonaise du nom d'Anna Ostrovick. On n'aurait pu trouver mieux — une grande et grosse femme, chaleureuse, assidue, qui prenait son travail très au sérieux. Elle aimait cuisiner, elle aimait que ce qu'elle cuisinait soit apprécié et mangé, et chaque fois que nous la voyions, elle nous pressait de manger. Elle faisait du pain chaud — des croissants et des brioches — pour le petit déjeuner deux ou trois fois par semaine, les apportait elle-même au salon et disait : « Mangez, mangez, mangez ! » Quand la bonne rapportait les plats à l'office, nous entendions parfois Anna, qui s'y trouvait, dire : « Bien ! Ils mangent. » Elle nourrissait l'éboueur, le laitier et le jardinier. « Mangez ! leur disait-elle. Mangez, mangez ! » Le jeudi après-midi, elle allait au cinéma avec la bonne, mais elle n'aimait pas les films parce que les acteurs étaient tous trop maigres. Elle restait assise dans la salle obscure pendant une heure et demie, scrutant anxieusement l'écran dans l'espoir d'y voir apparaître quelqu'un qui aurait fait honneur à ce qu'il y avait dans son assiette. Bette Davis lui laissa pour seul souvenir celui d'une femme qui n'avait pas suffisamment mangé. « Ils sont tous tellement maigres », disait-elle en sortant du cinéma. Le soir, après nous avoir gavés, elle rassemblait les reliefs du repas et sortait nourrir la Création tout entière. Cette année-là nous avions quelques poulets, et bien qu'à cette heure ils fussent déjà perchés pour la nuit, elle jetait de la nourriture dans leurs mangeoires et pressait les volatiles endormis de s'alimenter. Elle nourrissait les oiseaux chanteurs dans le verger et les tamias dans le jardin. Son apparition à la lisière du potager et sa voix insistante — nous l'entendions s'exclamer « Mangez, mangez, mangez ! » — étaient devenues, comme le coup de feu tiré au club nautique au crépuscule et le faisceau de lumière en provenance de Cape Heron, indissociables de cette heure de la journée. « Mangez, mangez, mangez ! » entendions-nous Anna clamer. « Mangez, mangez... » Puis c'était la nuit.

Lawrence était à la maison depuis trois jours quand Anna m'a appelé à la cuisine.

« Dites à votre mère, a-t-elle lancé, qu'*il* ne vient pas dans ma cuisine. S'*il* vient sans arrêt dans ma cuisine, je pars. Toujours *il* vient dans ma cuisine pour me dire quelle pauvre femme je suis. Toujours il me dit que je travaille trop dur et que je ne suis pas payée assez et que je devrais faire partie d'un syndicat avec des vacances. Ah ! il est tellement maigre mais il vient toujours dans ma cuisine quand je suis occupée, pour me plaindre, mais je suis aussi bien que lui, je suis aussi bien que *n'importe qui*, et je n'ai pas à supporter que des gens soient tout le temps dans mes jambes à me plaindre comme ça. Je suis une cuisinière célèbre, une excellente cuisinière, j'ai du travail partout, et la seule raison pour laquelle je viens ici cet été, c'est que jamais je n'ai été sur une île, mais je peux avoir d'autres places demain et s'il continue à venir tout le temps dans ma cuisine pour me plaindre, vous pouvez dire à votre mère que je pars. Je suis aussi bien que *n'importe qui* et je n'ai pas à supporter que ce maigrichon, il me répète tout le temps comme je suis une pauvre femme. »

J'ai été content de découvrir que la cuisinière était dans notre camp, mais la situation était délicate. Si Mère avait demandé à Lawrence de se tenir à l'écart de la cuisine, il aurait fait de cette requête un motif de grief. Il était capable de transformer n'importe quoi en motif de grief ; parfois, alors qu'il était assis avec morosité à la table du dîner, il donnait l'impression que chaque mot de dépréciation — peu importe qui était visé — le touchait personnellement. Je n'ai parlé à personne de la plainte de la cuisinière mais, pour une raison ou une autre, il n'y a plus eu de soucis de ce côté-là.

Le motif de contrariété que m'a fourni Lawrence, ensuite, est venu de nos parties de backgammon.

Quand nous sommes à Laud's Head, nous jouons beaucoup au backgammon. En général, à 20 heures, après avoir bu notre café, nous sortons le tapis de jeu. C'est, en un sens, l'un des moments que nous préférons. Les lampes sont encore éteintes dans la pièce, on aperçoit Anna dans le potager obscur et, au-dessus de sa tête, le ciel est peuplé de continents d'ombre et de feu. Mère allume la lumière et fait s'entrechoquer les dés comme un signal. Nous jouons généralement trois parties par personne contre chaque autre joueur. Nous misons de l'argent et il est possible de gagner et de perdre cent dollars par partie, mais les enjeux sont généralement beaucoup plus faibles. Il me semble que Lawrence jouait autrefois — je n'arrive pas à m'en souvenir —, mais ce n'est plus le cas. Il ne mise pas d'argent. Ce n'est pas parce qu'il est pauvre ou par principe, mais parce qu'il pense que c'est un jeu idiot et une perte de temps. Il était tout à fait disposé, en revanche, à perdre son temps à nous regarder jouer. Chaque soir, quand la partie commençait, il tirait une chaise près du tapis de jeu et observait les cases et les dés. Son expression était méprisante, et pourtant son regard était attentif. Je me demandais pourquoi il nous regardait ainsi chaque soir et, en scrutant son visage, je crois l'avoir compris.

Lawrence ne mise pas, et il ne peut donc comprendre l'excitation qu'entraîne le fait de gagner et de perdre de l'argent. D'après moi, il a oublié les règles du jeu, de sorte que les cheminements complexes d'une partie ne peuvent l'intéresser. Ses observations l'amènent immanquablement à conclure que le backgammon est un jeu trivial et que le tapis de jeu où sont imprimés les points est un symbole de notre médiocrité. Et, puisqu'il ne comprend ni le fait de miser ni les règles du jeu, j'en ai conclu qu'il devait s'intéresser aux membres de sa famille. Un soir, alors que je jouais avec Odette — j'avais délesté Mère et Chaddy de trente-sept dollars — j'ai compris, je crois, ce qui se passait dans son esprit.

Odette a les cheveux et les yeux noirs. Elle prend soin de ne jamais exposer trop longtemps sa peau blanche au soleil, aussi le contraste frappant entre le noir et la pâleur ne change-t-il pas en été. Elle a besoin d'admiration, et la mérite — c'est l'élément qui la comble — et elle flirte, sans que cela porte à conséquence, avec le premier homme venu.

Ce soir-là, ses épaules étaient nues, sa robe coupée de façon à révéler le sillon entre ses seins et ses seins eux-mêmes quand elle se penchait au-dessus du damier pour jouer. Elle ne cessait de perdre et de flirter et de transformer ses défaites elles-mêmes en flirt. Chaddy était dans la pièce voisine. Elle a perdu trois parties et, à la fin de la troisième, elle s'est laissée aller contre le dossier du canapé et, me regardant droit dans les yeux, a suggéré d'aller jouer la belle derrière les dunes. Lawrence l'a entendue. Je l'ai regardé ; il semblait tout à la fois choqué et satisfait, comme s'il avait toujours soupçonné que nous ne jouions pas pour quelque chose d'aussi peu substantiel que de l'argent. Je me trompe peut-être, bien sûr, mais je crois qu'il avait l'impression qu'en observant nos parties de backgammon, il assistait à la progression d'une stratégie acharnée dans laquelle l'argent que nous gagnions et perdions n'était que le symbole de gages plus essentiels. Il est caractéristique de Lawrence d'essayer de déchiffrer le sens et la finalité de chacun de nos gestes et, inévitablement, quand il croit avoir découvert la logique interne de notre conduite, c'est quelque chose de sordide.

Chaddy est venu disputer une partie contre moi. Chaddy et moi n'avons jamais aimé que l'autre l'emporte. Quand nous étions petits, on nous interdisait de jouer ensemble parce que cela se terminait toujours en bagarre. Nous nous imaginons savoir intimement ce dont l'autre est capable. D'après moi, il est prudent; d'après lui, je suis téméraire. Il y a toujours de l'animosité dans l'air quand nous jouons ensemble — au tennis, au backgammon, au softball ou au bridge — et il semble parfois que l'enjeu soit la possession des libertés de l'autre. Quand Chaddy me bat, je n'en dors pas. Tout cela n'est qu'une demi-vérité de l'esprit de compétition qui nous anime, mais c'est cette demi-vérité qu'allait percevoir Lawrence, et sa présence à la table m'a rendu si nerveux que j'ai perdu deux parties. Quand je me suis levé, abandonnant le tapis de jeu, je me suis efforcé de ne pas paraître contrarié. Lawrence m'observait. Je suis sorti sur la terrasse pour y affronter, dans le noir, la colère que je ressens toujours quand je suis battu par Chaddy.

Quand je suis revenu dans la pièce, Chaddy et Mère s'étaient lancés dans une partie. Lawrence n'avait pas bougé. Dans son esprit, Odette avait perdu sa vertu en jouant contre moi, et j'avais perdu l'estime de moi-même en jouant contre Chaddy ; je me suis demandé ce qu'il voyait dans la partie qui se déroulait maintenant. Il surveillait le spectacle avec ravissement, comme si les pions opaques et le damier imprimé étaient les instruments d'un échange de pouvoir décisif. Comme le damier dans son cercle de lumière, les joueurs silencieux et le fracas de l'océan au-dehors devaient lui sembler dramatiques ! C'était la matérialisation d'un cannibalisme spirituel ; là, sous son nez, se trouvaient les symboles de la rapacité avec laquelle les êtres humains se servent les uns des autres.

Le jeu de mère est habile, passionné et envahissant. Elle a toujours les mains qui traînent sur le damier de son adversaire. Quand elle joue contre Chaddy, qui est son préféré, elle est très concentrée. Lawrence avait dû le remarquer. Mère est sentimentale. Elle a bon cœur et elle est facilement touchée par les larmes et la fragilité, une caractéristique qui, comme son nez élégant, n'a pas été le moins du monde altérée par l'âge. Le chagrin d'autrui l'atteint profondément et elle semble parfois chercher à découvrir en Chaddy une tristesse, un sentiment de perte, qu'elle pourrait soulager et combler, rétablissant ainsi la relation qui était la leur à l'époque où il était petit et maladif. Elle aime défendre les êtres faibles et enfantins et, à présent que nous sommes grands, cela lui manque. Le monde des dettes et des affaires, des hommes et de la guerre, de la chasse et de la pêche, suscite son amertume. (Quand Père s'est noyé, elle a jeté ses cannes pour pêcher à la mouche et ses fusils.) Elle nous a vanté sans répit les vertus de l'indépendance, mais c'est quand nous retournons chercher consolation et aide auprès d'elle — en particulier Chaddy — qu'elle semble véritablement exister. Lawrence devait s'imaginer que la vieille femme et son fils cherchaient à remporter l'âme de leur adversaire.

Mère a perdu. « Oh, mon Dieu », a-t-elle soupiré. Elle semblait abattue et affligée, comme toujours lorsqu'elle perd. « Apportez-moi mes lunettes, apportez-moi mon chéquier, apportez-moi quelque chose à boire. »

Lawrence s'est enfin levé et s'est dégourdi les jambes. Il nous a considérés d'un œil sombre. Le vent s'était levé et la marée était haute ; j'ai pensé que si le bruit des vagues lui parvenait, il devait n'entendre en elles que de sombres réponses à toutes ses sombres questions ; il devait se dire que la marée avait noyé les braises de nos feux de pique-nique. Il est insupportable de côtoyer un mensonge, et Lawrence semblait être l'incarnation même d'un mensonge. Je ne pouvais pas lui expliquer le plaisir simple et intense qu'on éprouve à miser de l'argent, et il me semblait abominablement injuste qu'il soit resté assis près du tapis de jeu et en ait conclu que nous jouions nos âmes. Il a arpenté quelques instants la pièce d'un pas agité puis, comme à son habitude, il nous a gratifiés d'une dernière salve.

« C'est étonnant que vous ne deveniez pas cinglés, a-t-il dit, à rester claquemurés ensemble comme ça tous les soirs. Viens, Ruth. Je vais me coucher. »

Cette nuit-là, j'ai rêvé de Lawrence. J'ai vu ses traits déformés jusqu'à devenir laids et quand je me suis réveillé, le lendemain matin, je me suis senti nauséeux, comme si j'avais subi durant mon sommeil une immense perte spirituelle, la perte, peut-être, de mon courage et de ma vaillance. Il était absurde que je me laisse ainsi perturber par mon frère. J'avais besoin de vacances. J'avais besoin de me détendre. Au collège, nous habitons l'un des dortoirs, nous mangeons à la table commune et nous ne partons jamais en voyage. Non seulement j'enseigne l'anglais en hiver et en été, mais je travaille dans le bureau du principal et je donne le signal du départ lors des rencontres d'athlétisme. J'avais besoin de prendre de la distance vis-à-vis de cela et de toute autre source d'anxiété, et j'ai décidé d'éviter mon frère. Ce jour-là, de bon matin, j'ai emmené Helen et les enfants faire de la voile et nous sommes restés en mer jusqu'à l'heure du dîner. Le lendemain, nous sommes allés pique-niquer. Puis j'ai dû aller passer une journée à New York, et mon retour a coïncidé avec le bal costumé du club nautique.

Lawrence n'y allait pas, et c'est une fête où je m'amuse toujours beaucoup.

Cette année-là, les invitations suggéraient de venir costumé en ce qu'on aurait voulu être. Après en avoir discuté à de nombreuses reprises, Helen et moi avions choisi comment nous habiller. Ce dont elle avait le plus envie, a-t-elle décrété, était d'être à nouveau une jeune mariée, aussi avait-elle décidé de porter sa robe blanche. Cela m'a semblé être un bon choix, sincère, gai et peu coûteux. Il a influé sur le mien et j'ai pris la décision de porter une vieille tenue de football. Mère a résolu d'y aller en Jenny Lind[1], parce qu'il y avait un vieux costume de Jenny Lind au grenier. Les autres ont décidé de louer des costumes, que je me suis procurés à l'occasion de mon séjour à New York. Lawrence et Ruth n'ont pris part à rien de tout cela.

Helen faisait partie du comité d'organisation du bal et elle a passé la plus grande partie du vendredi à décorer le club. Diana, Chaddy et moi sommes allés faire de la voile.

1. Johanna Maria Lind (1820-1887), mieux connue sous le nom de Jenny Lind, était une cantatrice d'origine suédoise. (*Toutes les notes sont de la traductrice.*)

Ces temps-ci, je n'en fais presque plus qu'à Manhasset et j'ai l'habitude de fixer mon itinéraire de retour d'après la barge pétrolière et le toit en tôle du hangar à bateaux, et ç'a a été un plaisir, cet après-midi-là, de garder le cap sur le clocher blanc d'une église du village et de naviguer dans une eau qui, même près des terres, était verte et limpide. À la fin de notre tour en voilier, nous avons fait halte au club pour prendre Helen. Le comité d'organisation avait essayé de donner à la salle de bal l'apparence d'un sous-marin, et le fait d'avoir presque réussi à accomplir cette illusion emplissait Helen de joie. Nous sommes retournés en voiture à Laud's Head. L'après-midi avait été radieux mais, sur le chemin du retour, nous avons senti le vent d'est — le vent mauvais, comme Lawrence aurait dit — soufflant de la mer.

Ma femme, Helen, a trente-huit ans et je suppose que ses cheveux seraient gris s'ils n'étaient pas teints, mais ils le sont, d'un blond discret — une couleur patinée — et je trouve que cela lui va bien. Ce soir-là, je nous ai servi à boire pendant qu'elle s'habillait et, quand je lui ai monté un verre à l'étage, je l'ai vue en robe de mariée pour la première fois depuis nos noces. Cela n'aurait pas de sens de dire qu'elle m'a semblé plus belle que le jour de notre mariage mais, parce que j'ai vieilli et que mes sentiments sont, je crois, plus profonds aujourd'hui, et que je discernais sur son visage, ce soir-là, tout à la fois la jeunesse et l'âge mûr, l'attachement à la jeune femme qu'elle avait été et les concessions gracieusement faites au temps, je pense n'avoir jamais été aussi ému. J'avais déjà enfilé ma tenue de footballeur et sa lourdeur — le poids du pantalon et des épaulettes — avait exercé un changement en moi, comme si, en enfilant ces vieux vêtements, je m'étais délivré des angoisses et des soucis légitimes de mon existence. Il semblait que nous étions tous deux retournés aux années précédant notre mariage, aux années d'avant la guerre.

Les Collard organisaient un grand dîner avant le bal, et notre famille — à l'exception de Lawrence et de Ruth — s'y est rendue. Nous sommes allés au club en voiture, dans le brouillard, vers 21 h 30. L'orchestre était en train de jouer une valse. Tandis que je déposais mon imperméable au vestiaire, quelqu'un m'a tapé dans le dos. C'était Chucky Ewing et, curieusement, il portait une tenue de footballeur. Cela nous a semblé du plus haut comique. Nous en riions tandis que nous suivions le couloir en direction de la piste de danse. À la porte, je me suis arrêté un instant pour contempler la fête ; c'était splendide. Le comité d'organisation avait suspendu des filets de pêche tout autour de la pièce et d'un bout à l'autre du haut plafond. Ces derniers étaient remplis de ballons de couleur. La lumière était tamisée et changeante, et les gens — nos amis et voisins — dansant dans cette douce lumière au son de *Three O'Clock in the Morning* offraient un charmant spectacle. Puis j'ai remarqué le grand nombre de femmes vêtues en blanc et je me suis aperçu que, comme Helen, elles portaient des robes de mariée. La valse a entraîné jusqu'à moi Patsy Hewitt, Mrs Gear et la petite Lackland, toutes trois habillées en mariées. Puis Pep Talcott s'est dirigé vers Chucky et moi. Il portait un déguisement d'Henry VIII, mais il nous a dit que les jumeaux Auerbach, Henry Barrett et Dwight MacGregor étaient tous en tenues de footballeur, et qu'au dernier décompte il y avait dix mariées sur la piste.

Cette coïncidence, cette drôle de coïncidence, plongeait tout le monde dans l'hilarité et cela a été l'une des soirées dansantes les plus joyeuses qui se soient jamais tenues au club. Au début, j'ai cru que les femmes s'étaient concertées pour s'habiller en mariées, mais celles avec qui j'ai dansé m'ont dit qu'il s'agissait d'une coïncidence et je sais avec certitude que Helen avait pris sa décision seule. J'ai passé une plaisante soirée jusqu'à minuit à peu près. À ce moment-là, j'ai aperçu Ruth immobile au bord de la piste de danse. Elle portait une longue robe rouge, ce qui dénotait franchement. Ce n'était pas du tout dans l'esprit de la fête. Je l'ai invitée à danser, mais aucun cavalier n'a pris le relais et il n'était pas question que je passe le reste de la nuit à danser avec elle, aussi je lui ai demandé où se trouvait Lawrence. Elle m'a dit qu'il était dehors, sur l'embarcadère. Je l'ai conduite au bar et je l'ai laissée là afin d'aller chercher Lawrence.

Le brouillard venant de l'est était épais, humide, et Lawrence était seul sur l'embarcadère. Il ne s'était pas déguisé. Il ne s'était même pas donné la peine de s'habiller en pêcheur ou en marin. Il semblait particulièrement ténébreux. Le brouillard nous environnait comme une fumée froide. J'ai regretté que la nuit ne soit pas dégagée, car le brouillard semblait faire le jeu de mon misanthrope de frère. Et je savais que les bouées — les balises flottantes et les cloches que nous entendions en cet instant — devaient résonner à ses oreilles comme des plaintes émanant pour moitié d'êtres humains, pour moitié de noyés, même si tous les marins savent que les bouées sont des installations nécessaires et fiables. Je savais que la corne de brume du phare devait lui faire penser à des dérives et à des pertes, et qu'il était capable d'interpréter de travers la légèreté de la musique du bal.

« Rentre donc, Tifty, ai-je dit, et fais danser ta femme, ou trouve-lui des cavaliers.

— Et pourquoi ? a-t-il répliqué. Et pourquoi ? »

Il s'est approché de la fenêtre et a observé la fête à travers la vitre.

« Regarde, a-t-il repris. Regarde ça... »

Chucky Ewing s'était emparé d'un ballon et essayait d'organiser une ligne de mêlée au milieu de la piste de danse. Les autres étaient en train de danser la samba. Et je savais que Lawrence contemplait la fête d'un œil sombre, de la même manière qu'il avait observé les bardeaux rongés par les intempéries, comme s'il y voyait une offense faite au temps et une distorsion de celui-ci : dans son esprit, le fait que nous désirions être des mariées et des joueurs de football révélait que, une fois les lumières de la jeunesse éteintes en nous, nous avions été incapables d'en trouver d'autres pour nous guider et que, dépourvus de foi et de principes, nous étions devenus ridicules et tristes. Qu'il juge ainsi tant d'individus bons, heureux et généreux m'a empli de colère, d'une aversion si peu naturelle que j'en ai eu honte, car c'est mon frère et un Pommeroy. J'ai entouré ses épaules de mon bras et j'ai essayé de le forcer à entrer, mais en vain.

Je suis revenu à temps pour la *Grand March*[1], et une fois les prix attribués aux meilleurs déguisements, on a procédé à un lâcher de

1. Lors de la *Grand March,* les danseurs se mettent en file deux par deux pour exécuter diverses figures.

ballons. Il faisait chaud dans la pièce et quelqu'un a ouvert les grandes portes donnant sur l'embarcadère ; le vent d'est a tournoyé dans la salle et est ressorti, emportant sur l'embarcadère et au-dessus de l'eau la plupart des ballons. Chucky Ewing s'est élancé à la poursuite des ballons et quand il les a vus dépasser l'embarcadère et se poser sur l'eau, il a ôté sa tenue de footballeur et a plongé. Puis Eric Auerbach a plongé à son tour, ainsi que Lew Phillips et moi, et vous savez comment c'est dans une fête après minuit quand les gens commencent à sauter dans l'eau. Nous avons récupéré la plupart des ballons, nous nous sommes séchés, puis nous avons continué à danser, et nous ne sommes pas rentrés avant le matin.

Le lendemain avait lieu l'exposition florale. Mère, Helen et Odette y participaient toutes les trois. Nous avons déjeuné sur le pouce, puis Chaddy a conduit les femmes et les enfants à l'exposition. J'ai fait la sieste et, en milieu d'après-midi, j'ai pris un maillot de bain et une serviette, et je me dirigeais vers la porte quand je suis tombé sur Ruth dans la buanderie. Elle était occupée à faire la lessive. Je ne sais pas pourquoi elle semblait avoir tellement plus à faire que n'importe qui d'autre, mais elle ne cessait de faire la lessive, de repasser ou de repriser des vêtements. Peut-être lui avait-on enseigné, quand elle était jeune, à passer son temps de cette façon, ou peut-être était-elle en proie à quelque passion expiatoire. Elle semblait récurer et repasser avec une ferveur pénitentielle, même si je ne peux imaginer en quoi elle pensait avoir mal agi. Ses enfants étaient avec elle dans la buanderie. J'ai proposé de les emmener à la plage, mais ils ne voulaient pas y aller.

C'était la fin du mois d'août et, à cause des vignes sauvages qui poussent en abondance sur l'île, le vent était imprégné d'une odeur de vin. Un petit bosquet de houx se trouve à l'extrémité du chemin, puis il faut gravir les collines où rien ne prend racine à l'exception d'une herbe rude. J'entendais la mer, et je me suis souvenu de la façon mystique dont Chaddy et moi parlions de l'océan autrefois. Quand nous étions jeunes, nous avions décidé que nous ne pourrions jamais vivre dans l'Ouest parce que la mer nous manquerait. « C'est très agréable ici, disions-nous poliment aux gens habitant à la montagne à qui nous rendions visite, mais l'Atlantique nous manque. » Nous regardions de haut les gens originaires de l'Iowa et du Colorado, qui avaient été privés de cette révélation, et nous méprisions le Pacifique. À présent j'entendais les vagues dont la force avait les échos d'une répercussion, d'un tumulte, et j'en étais transporté comme au temps de ma jeunesse ; l'océan semblait avoir une force purgative, comme s'il avait purifié ma mémoire, entre autres choses, de la vision de Ruth en pénitence dans la buanderie.

Mais Lawrence se trouvait sur la plage. Il était assis là, sur le sable. Je suis allé me baigner sans lui adresser la parole. L'eau était froide et, quand je suis ressorti, j'ai enfilé un tee-shirt. Je lui ai annoncé que j'allais me promener jusqu'à Tanners Point et il a répondu qu'il venait avec moi. Je me suis efforcé de marcher à sa hauteur. Ses jambes ne sont pas plus longues que les miennes, mais il aime devancer toujours un peu la personne qui l'accompagne. Alors que je cheminais près de lui, regardant sa tête penchée et ses épaules, je me suis demandé ce qu'il pouvait bien penser de ce paysage.

Il y avait des dunes et des falaises, et là où elles déclinaient naissaient des champs dont le vert avait commencé à virer au brun et au jaune. Ceux-ci servaient de pâturage aux moutons, et j'imagine que Lawrence avait remarqué que la terre était érodée et que les moutons allaient accélérer cette dégradation. Au-delà des champs se dressaient quelques fermes aux bâtiments carrés et agréables à l'œil, mais Lawrence aurait pu évoquer la difficile condition d'un fermier vivant sur une île. La mer, de l'autre côté, s'étendait jusqu'à l'horizon. Nous racontons toujours aux invités que les côtes du Portugal s'étendent là-bas, à l'est, et pour Lawrence il n'y avait sans doute qu'un pas des côtes du Portugal à la tyrannie sévissant en Espagne. Les vagues s'échouaient sur le sable en faisant un bruit comme « Hourra, hourra, hourra », mais aux oreilles de Lawrence elles devaient dire « *Mourra, mourra* ». J'imagine qu'il n'avait pas échappé à son esprit vif et morose que la côte était une moraine, la frontière du monde préhistorique, et il avait vraisemblablement pris conscience que nous progressions à la frontière du monde connu, au sens figuré et littéral du terme. Si cela lui avait échappé, des avions de la Navy bombardant une île inhabitée étaient là pour le lui rappeler.

Cette plage est un paysage vaste, d'une pureté et d'une simplicité surnaturelles. On croirait voir une parcelle de la lune. Le sol est compact à force d'avoir été martelé par l'océan, de sorte qu'il est facile d'y marcher, et tout ce qui gît sur le sable a été deux fois transformé par les vagues. Il y avait la partie centrale d'un coquillage, un manche à balai, un tesson de bouteille et un morceau de brique, tous deux broyés et brisés jusqu'à en être presque méconnaissables, et je suppose que la méchante tournure d'esprit de Lawrence — car il gardait la tête baissée — allait d'une chose brisée à une autre. Son pessimisme a commencé à me mettre en rage, et je l'ai rattrapé et lui ai posé la main sur l'épaule.

« C'est une journée d'été, Tifty, rien de plus, ai-je dit. Rien de plus qu'une journée d'été. Qu'est-ce qu'il y a ? Tu ne te plais donc pas ici ?

— En effet, a-t-il répliqué platement sans

lever les yeux. Je vais revendre ma part de la maison à Chaddy. Je ne m'attendais pas à passer de bons moments. Je suis seulement revenu pour dire adieu. »

Je l'ai laissé reprendre de l'avance et j'ai marché derrière lui, regardant ses épaules et songeant à toutes les fois où il avait dit adieu. Quand Père s'était noyé, il était allé à l'église et lui avait dit adieu. Seulement trois ans plus tard, il était parvenu à la conclusion que Mère était frivole, et il lui avait dit adieu. En première année d'université, il avait été très ami avec le garçon qui partageait sa chambre, mais celui-ci buvait trop et, au début du printemps, Lawrence avait changé de camarade de chambre et avait dit adieu à son ami. Après deux années à l'université, il était arrivé à la conclusion que l'atmosphère y était trop recluse et avait dit adieu à Yale. Il s'était inscrit à Columbia et y avait obtenu son diplôme de droit, mais il avait jugé son premier employeur malhonnête et, au bout de six mois, il avait dit adieu à un bon emploi. Il avait épousé Ruth à City Hall et avait dit adieu à l'Église protestante épiscopalienne. Ils étaient allés vivre dans une petite rue de Tuckahoe et avaient dit adieu à la classe moyenne. En 1938, il était allé à Washington pour y être avocat du gouvernement, faisant ses adieux au privé, mais après huit mois à Washington il était parvenu à la conclusion que l'administration de Roosevelt était sentimentale et lui avait dit adieu. Ils avaient quitté Washington pour une banlieue de Chicago où il avait fait ses adieux à ses voisins, l'un après l'autre, pour cause d'alcoolisme, de grossièreté et de bêtise. Il avait dit adieu à Chicago et était allé au Kansas; il avait dit adieu au Kansas et était allé à Cleveland. Maintenant, il avait dit adieu à Cleveland et il était revenu dans l'Est, faisant halte à Laud's Head le temps de faire ses adieux à l'océan.

C'était élégiaque, sectaire et mesquin, c'était confondre circonspection et force de caractère, et j'ai voulu l'aider.

« Arrête ça, ai-je dit. Arrête, Tifty.

— Que j'arrête quoi ?

— D'être aussi morose. Arrête. C'est une journée d'été, rien de plus. Tu te gâches la vie et tu gâches celle de tout le monde. Nous avons besoin de vacances, Tifty. J'en ai besoin. J'ai besoin de me reposer. Nous en avons tous besoin. Et à cause de toi, tout est tendu et désagréable. Je n'ai que deux semaines de vacances par an. Deux semaines. J'ai besoin de prendre du bon temps, et les autres aussi. Nous avons besoin de repos. Tu penses que ton pessimisme est une force, mais ce n'est rien d'autre qu'un refus d'appréhender la réalité.

— Quelle réalité ? a-t-il répliqué. Diana est une femme sotte et facile. De même qu'Odette. Mère est une alcoolique. Si elle ne se modère pas, elle va finir à l'hôpital dans un an ou deux. Chaddy est malhonnête. Il l'a toujours été. La maison va s'écrouler dans la mer. »

Il m'a regardé et a ajouté, comme s'il n'y avait songé qu'après coup :

« Tu es un imbécile.

— Et toi, tu es un sinistre salopard, ai-je répliqué. Tu es un sinistre salopard.

— Fous-moi la paix », a-t-il dit.

Il a repris son chemin.

Alors j'ai ramassé une racine et, m'approchant de lui par-derrière — jamais encore je n'avais frappé un homme dans le dos — j'ai ramené la racine lourde d'eau de mer derrière mon épaule, prenant un élan qui a accéléré le mouvement de mon bras, et je lui ai donné, à lui, mon frère, un coup sur la tête qui l'a fait s'écrouler à genoux dans le sable. J'ai vu le sang apparaître et commencer à assombrir ses cheveux. Alors j'ai souhaité qu'il soit mort, mort et sur le point d'être enterré, non pas enterré encore mais sur le point de l'être, parce que je ne voulais pas être privé de la cérémonie et du décorum des funérailles qui en débarrasseraient ma conscience, et je nous ai tous vus — Chaddy, Mère, Diana et Helen — endeuillés dans la maison de Belvedere Street qui avait été démolie vingt ans plus tôt, accueillant nos invités et nos parents à la porte et répondant à leurs condoléances courtoises par un chagrin courtois. Tout cela était empreint de bienséance, de telle sorte que bien qu'il ait été assassiné sur une plage, on éprouverait, avant que cette pénible cérémonie ne s'achève, le sentiment qu'il était arrivé à l'hiver de son existence et que c'était une loi de la nature, et une belle loi, que Tifty soit enterré dans la terre froide, si froide.

Il était toujours à genoux. J'ai regardé autour de moi. Personne ne nous avait vus. La plage déserte, semblable à une parcelle de la lune, se déployait jusqu'à devenir invisible. Une vague a déferlé, s'est ruée sur le sable jusqu'à l'endroit où mon frère était agenouillé. J'éprouvais encore le désir de l'achever mais je me comportais désormais comme deux hommes, l'assassin et le bon Samaritain. Avec un rugissement soudain, comme la vacuité faite voix, une vague blanche d'écume est arrivée jusqu'à lui et l'a encerclé, recouvrant ses épaules de son bouillonnement, et je l'ai retenu pour empêcher que le ressac ne l'emporte. Puis je l'ai guidé vers un endroit situé plus en hauteur. Le sang s'était répandu dans ses cheveux, de sorte qu'ils paraissaient noirs. J'ai ôté ma chemise et je l'ai déchirée pour panser son crâne. Il était conscient, et je n'avais pas l'impression qu'il était gravement blessé. Il n'a pas dit un mot. Moi non plus. Puis je l'ai laissé là.

J'ai parcouru quelques mètres sur la plage puis je me suis retourné pour le regarder, et c'est à ma peau que je pensais alors. Il s'était relevé et il semblait solide sur ses jambes. Le jour était encore clair, mais le vent soufflant de la mer était chargé d'embruns pareils à un léger brouillard, et il m'a suffi de m'être un peu éloigné de Lawrence pour ne distinguer qu'à peine sa silhouette sombre dans cette obscurité. Je voyais tout au long de la plage l'air salé et dense pénétrer dans les terres. Puis je lui ai tourné le dos et, une fois arrivé à proximité de la maison, je suis retourné nager, comme il me semble l'avoir fait après chaque affrontement avec Lawrence cet été-là.

Quand je suis revenu à la maison, je me suis allongé sur la terrasse. Les autres sont rentrés. J'entendais Mère critiquer les compositions florales qui avaient eu des prix. Aucune des nôtres n'avait remporté quoi que ce soit. Puis la maison est devenue silencieuse, comme toujours à cette heure-là. Les enfants sont allés dîner à la cuisine et le reste de la famille est monté faire sa toilette. Puis j'ai entendu Chaddy préparer les cocktails, et la conversation portant sur les juges de la compétition florale a repris. Puis Mère s'est écriée :

« Tifty ! Tifty ! Oh, Tifty ! »

Il se tenait dans l'encadrement de la porte, l'air à moitié mort. Il avait ôté le bandage ensanglanté et le tenait à la main.

« Mon frère m'a fait ça, a-t-il déclaré. Mon

frère m'a fait ça. Il m'a frappé avec une pierre — avec quelque chose — sur la plage. »

Sa voix s'est brisée d'apitoiement sur lui-même. J'ai cru qu'il allait fondre en larmes. Personne ne soufflait mot.

« Où est Ruth ? a-t-il crié. Où est Ruth ? Bon sang, où est Ruth ? Je veux qu'elle commence à faire les bagages. Je n'ai plus de temps à gaspiller ici. J'ai des choses importantes à faire. J'ai des choses *importantes* à faire. »

Et il a monté l'escalier.

Ils sont partis pour le continent le lendemain matin, par le ferry de 6 heures. Mère s'est levée pour leur dire au revoir mais personne d'autre ne l'a fait, et c'est une scène pénible et facile à imaginer — la chef de famille et l'enfant devenu étranger, se regardant l'un l'autre avec une consternation qui semblait représenter tout le contraire des forces de l'amour. J'ai entendu la voix des enfants, puis la voiture qui descendait l'allée ; je me suis levé, alors, et je suis allé à la fenêtre, et quel matin c'était ! Mon Dieu, quel matin ! Le vent soufflait du nord. L'air était limpide. Dans la chaleur des premières heures du jour, les roses du jardin sentaient la confiture de fraises. Tandis que je m'habillais, j'ai entendu la sirène du ferry retentir, tout d'abord le signal d'avertissement puis les deux coups de sifflet strident, et je pouvais presque voir les braves gens sur le pont supérieur, buvant du café dans de fragiles gobelets en carton, et Lawrence à la proue, disant à la mer « *Thalassa, Thalassa* », tandis que ses enfants peureux et tristes contemplaient la Création depuis l'encerclement des bras de leur mère. Les bouées devaient tinter mélancoliquement aux oreilles de Lawrence, et la splendeur de la lumière avait beau inspirer le désir presque irrésistible de lever les bras au ciel en jurant avec exultation, mon frère devait suivre des yeux la mer noire se refermant à l'arrière du bateau ; il devait songer aux fonds sombres et étranges où reposait notre père.

Oh, que peut-on faire avec un tel homme ? Que peut-on faire ? Comment dissuader son œil de chercher, dans une foule, la joue criblée d'acné, la main infirme ; comment lui apprendre à percevoir l'inestimable grandeur du genre humain, l'âpre beauté de la vie ? Comment poser son doigt sur les vérités inflexibles devant lesquelles la peur et l'horreur sont impuissantes ? Ce matin-là, la mer était iridescente et sombre. Ma femme et ma sœur se baignaient — Diana et Helen — et je voyais leurs chevelures libres, noire et dorée, dans l'eau sombre ; j'ai vu ces deux femmes sortir de l'eau ; j'ai vu qu'elles étaient nues, sûres d'elles, splendides et pleines de grâce, et j'ai regardé ces femmes nues qui sortaient de la mer.

Une Américaine instruite

Citation : « Je suis toujours unie par les liens sacrés du mariage à mon *quarterback* de quatre-vingt-six kilos dénué de toutes prétentions intellectuelles, et j'occupe mes journées à conduire mon fils Bibber à l'école privée du coin, que j'ai contribué à mettre sur pied, et à l'en ramener. Je crois avoir été, à un moment ou à un autre, présidente de toutes les associations civiques de notre ville et, l'an dernier, j'ai dirigé l'agence de voyages du quartier pendant neuf mois. Un éditeur new-yorkais s'intéresse (touchons du bois) à ma biographie critique de Gustave Flaubert. L'an dernier, je me suis présentée pour le siège de conseillère municipale sur la liste des démocrates et j'ai obtenu la plus grande majorité de ce parti de toute l'histoire de la ville. Polly *Coulter*

Mellow (1942) nous a rendu visite pendant une semaine alors qu'elle se rendait de Paris à Minneapolis et nous avons parlé, mangé, bu, et pensé en français durant tout son séjour. Voilà qui nous a fait penser à Mlle de Grasse ! Je trouve encore le temps de baguer des oiseaux et de tricoter des chaussettes à losanges. »

Cette note destinée au journal des anciens élèves de son université aurait pu donner le sentiment qu'il s'agissait d'une femme aux dents longues, mais ce n'était nullement le cas. Jill *Chidchester* Madison occupait ces différentes fonctions grâce à ses compétences, son charme et son intelligence, et elle était en fait plutôt timide. À l'époque dont je vous parle, elle coiffait ses cheveux châtains avec simplicité et d'une façon qui rappelait précisément son allure quand elle était dans un pensionnat à l'étranger, vingt ans plus tôt. Peut-être l'internat avait-il affecté ses goûts vestimentaires ; l'internat, et le fait qu'elle avait un buste menu et faisait partie de ces femmes qui vivent cette faiblesse plus mal que s'il leur manquait une jambe. Étant donné la vision très large qu'elle avait de la vie, il semble étrange qu'une telle chose ait pu la gêner, mais, de fait, ça la gênait terriblement. Elle avait de jolies jambes, le teint frais et coloré. Ses yeux étaient marron et trop rapprochés, de sorte qu'il lui suffisait de perdre un peu de sa vivacité pour avoir l'air effacé.

Sa mère, Amelia Faxon Chidchester, était vigoureuse et trapue, avait de splendides cheveux blancs et un visage rougeaud, ainsi qu'un accent emphatique qui semblait moins régional qu'il n'était lié à son tempérament. Ses paroles étaient formulées de façon à exprimer son infatigable vigueur, son triomphe sur la douleur, son enthousiasme culturel et sa confiance en l'humanité. Elle était l'auteur de dix-sept livres non publiés. Le père de Jill était mort quand elle avait six ans. La fillette était née à San Francisco, où il tenait une petite maison d'édition et administrait quelques biens. Il avait laissé à sa femme et à sa fille suffisamment d'argent pour les protéger de la pauvreté et de toute inquiétude matérielle, mais elles étaient beaucoup moins riches que le reste de la famille. Jill s'était révélée être précoce et, à l'âge de trois ans, sa mère l'avait emmenée à Munich, où l'enfant avait participé au Gymnasium für Kinder organisé par le docteur Stock dans l'intention d'observer les jeunes prodiges. La compétition était féroce et les résultats des tests que la fillette avait passés pour évaluer ses réactions furent moyens, sans plus, mais c'était une enfant gentille et intelligente. Elle avait cinq ans quand sa mère l'avait emmenée à la Scuola Pantola de Florence, un établissement du même genre. De là, elles étaient allées en Angleterre, à la célèbre Tower Hill School située dans le Kent. Puis Amelia, ou Melee, comme on l'appelait, avait décidé que l'enfant devait avoir des racines, aussi elle avait loué une maison à Nantucket et avait inscrit Jill à l'école publique.

Je ne sais pas pourquoi les enfants expatriés ont l'air sous-alimentés, mais c'est souvent le cas et Jill, avec ses vêtements venant d'un pays ou d'un autre, ses langues d'un pays ou d'un autre, ses jambes nues et ses sandales, donnait le sentiment que les privilèges de son éducation avaient engendré chez elle quelque chose de pathétique. Elle faisait partie de ces enfants qui passent leur temps à sautiller. Elle allait à l'école en sautillant. Elle rentrait à la maison en sautillant. Elle était timide. Elle n'avait pas l'esprit pratique, et sa mère l'encourageait dans ce sens. « Ce n'est pas à toi de faire la vaisselle, ma chérie, disait-elle. Une fille de ton intelligence n'est pas censée perdre son temps à faire la vaisselle. » Elles avaient une fidèle domestique — toutes les domestiques de Melee lui avaient été dévouées corps et âme — et la seule idée que Jill se faisait des travaux ménagers, c'est que, s'il s'agissait de travail, elle n'était pas censée s'en occuper. Elle avait, à l'âge d'environ dix ans, appris à tricoter des chaussettes à losanges et sa mère lui permettait de le faire pour se distraire. Elle était romantique et, dans son cahier, il était écrit : « Mrs Amelia Faxon Chidchester requiert l'honneur de votre présence au mariage de sa fille Jill avec le vicomte Ludley-Hungtington, comte d'Ashmead, à l'abbaye de Westminster. Cravates blanches. Décorations. » La maison de Nantucket était agréable, et Jill apprit à faire du voilier. C'est à Nantucket que sa mère lui parla, un jour, du thème pour lequel nous ne disposons d'aucun vocabulaire en anglais — l'amour. C'était en fin d'après-midi. Il y avait du feu dans la cheminée et des fleurs sur la table. Jill était en train de lire et sa mère écrivait. Puis celle-ci s'interrompit et lança par-dessus son épaule : « Je crois qu'il faut que je te dise, ma chérie, que je me suis occupée d'une cantine à l'Embarcadero pendant la guerre et que je me suis donnée à de nombreux soldats esseulés. »

Cette déclaration fut dévastatrice. Aux yeux de la jeune fille, c'était intellectuellement et affectivement incompréhensible. Elle avait envie de pleurer. Elle ne pouvait imaginer sa mère se donnant, comme elle l'avait formulé, à un défilé de soldats esseulés. L'attitude de Meele affirmait de façon ferme et autoritaire son indifférence à ces choses-là. Il semblait n'y avoir aucun moyen de s'arranger des paroles qui venaient d'être prononcées ; elles restaient prisonnières de la conscience de la jeune fille comme une météorite tombée du ciel. Peut-être était-ce un mensonge, mais sa mère n'avait jamais menti. Alors, pour la première fois, Jill fut confrontée aux limites du seul membre de sa famille. Sa mère n'était pas une menteuse, mais c'était une simulatrice. Son accent était une simulation, ses goûts étaient une simulation, et l'expression séraphique qu'elle arborait quand elle écoutait de la musique était celle d'une femme qui essaie de se souvenir d'un vieux numéro de téléphone. Avec sa bonne humeur à toute épreuve, ses petits maux perpétuels, son snobisme implacable, les droits qu'elle s'octroyait à la culture, ses amies hautaines et ses déclarations énergiques et dénuées de sens, elle sembla pendant un instant incarner un manque suprême de discernement à l'égard de la nature. Mais Jill était-elle censée tisser à elle seule un cordon d'amour et de sagesse entre cette inconnue qui lui avait donné la vie et la vie elle-même telle qu'elle la voyait derrière les fenêtres, déployée sous forme de champs et de bois, splendide et merveilleuse ? Ne pouvait-elle pas plutôt — mais elle se sentait trop jeune, trop frêle, trop vulnérable pour mener sa vie sans père ni mère à ses côtés ; aussi décida-t-elle que sa mère n'avait pas dit ce qu'elle avait dit, et elle scella ce déni d'un léger baiser.

Jill s'en alla en pension à l'étranger à l'âge de douze ans, et elle remporta tous les prix. Ses prouesses sur le plan scolaire, social et sportif étaient sans précédent. Elle était en deuxième année à l'université quand elle rendit visite à sa famille à San Francisco et rencontra Georgie Madison, dont elle tomba amoureuse. Ce n'était pas, étant donné l'intelligence de la jeune fille, le genre d'homme qu'on aurait pu s'attendre à la voir choisir, mais il était peut-être raisonnable de sa part de jeter son dévolu sur un homme dont les centres d'intérêt étaient si différents des siens. Il était d'un tempérament calme, avec une charpente robuste, des cheveux noirs, et l'air doux qui brise le cœur des orphelines de tout âge ; et Jill était, ne l'oublions pas, une orpheline. Il était cadre junior dans un chantier naval de San Francisco. Il avait étudié à Yale mais quand Melee, un jour, lui demanda quel était son Thackeray[1] préféré, il répondit avec courtoisie et sincérité qu'il n'en avait jamais goûté. Au fil du temps, l'anecdote se transforma en plaisanterie familiale. Les deux jeunes gens se fiancèrent au cours de la troisième année de Jill à l'université et se mariè-

1. La bibliothèque de Yale possède un fonds William Makepeace Thackeray, célèbre romancier anglais de la fin du XIXe siècle.

rent une semaine après ses derniers examens, à l'occasion desquels elle rafla une fois encore tous les prix. Georgie fut muté dans un chantier naval de Brooklyn et ils s'installèrent à New York, où Jill fut engagée dans les relations publiques d'un grand magasin.

Au cours de leur deuxième ou troisième année de mariage, elle eut un fils, qu'ils appelèrent Bibber. L'accouchement fut difficile et elle apprit qu'elle ne pourrait plus avoir d'enfants. Le garçon était encore tout petit quand la famille déménagea à Gordenville. Jill fut plus heureuse à la campagne qu'elle ne l'avait été à la ville dans la mesure où plus d'opportunités semblaient s'offrir à ses talents. Les associations de droits civiques la nommèrent présidente, les unes après les autres, et, quand la veuve qui tenait l'agence de voyages de la ville tomba malade, Jill prit le relais avec succès. Le seul problème, à la campagne, consistait à trouver quelqu'un pour s'occuper de Bibber. Toute une série de vieilles femmes incompétentes défilèrent chez eux, et s'y s'ajoutèrent des lycéennes et des femmes de ménage. Georgie vouait à son fils un amour passionné. Le garçon avait certes l'esprit vif, mais son père trouvait l'éclat de son intelligence proprement aveuglant. Il emmenait l'enfant en promenade, jouait avec lui, lui donnait son bain à l'heure du coucher et lui racontait une histoire. Il s'occupait en tout de son fils quand il était à la maison et c'était aussi bien, puisque Jill rentrait souvent plus tard que lui.

Quand Jill lâcha les rênes de l'agence de voyages, elle décida d'organiser un voyage de groupe en Europe. Elle n'était pas retournée à l'étranger depuis son mariage et, si elle émettait son propre billet, elle aurait la possibilité de voyager tout en faisant un bénéfice. C'est, du moins, ce qu'elle prétendait. Le chantier naval de Georgie marchait bien et elle n'avait pas vraiment de raison de chercher à obtenir un billet gratuit, mais son mari devinait que la perspective d'être guide de voyage lui apparaissait comme un défi et une stimulation, et il finit par lui donner sa bénédiction et ses encouragements. Vingt-huit clients s'inscrivirent et, au début du mois de juillet, Georgie vit Jill et ses agneaux — comme elle les appelait — s'envoler dans un jet pour Copenhague. Leur itinéraire devait s'achever à Naples, où la jeune femme mettrait les touristes dont elle avait la charge dans un avion à destination des États-Unis. Puis Georgie la retrouverait à Venise, où ils passeraient une semaine. Jill envoya chaque jour des cartes postales à son mari, et plusieurs de ses clients étaient si enthousiastes quant à ses compétences de guide qu'ils écrivirent eux-mêmes à Georgie pour lui dire combien sa femme était charmante, compétente et cultivée. Les voisins du couple étaient sympathiques et il dînait presque tous les soirs chez eux.

Avant de s'envoler pour l'Europe, Georgie alla en voiture dans le New Hampshire voir comment se portait Bibber. Le petit garçon lui manquait cruellement et il apparaissait dans ses rêveries bien plus souvent que le visage animé de sa femme. Pour trouver le sommeil, il imaginait une improbable escalade dans les Dolomites avec Bibber, quand celui-ci serait plus grand. Jour après jour, il aidait son fils à se hisser d'une saillie à l'autre. Au-dessus d'eux, la mince couche de neige recouvrant les pics étincelait au soleil estival. Chargés de sacs et de cordes, ils arrivaient à Cortina, en contrebas des sommets, un peu après la nuit.

La réalité du voyage qu'il entreprit vers le nord de l'État contrasta vivement avec sa rêverie alpine.

Le trajet lui prit presque une journée entière. Il passa une nuit agitée dans un motel et, au matin, partit à la recherche de la colonie de vacances. Il était dans la montagne, et le temps était changeant. Les averses et les pâles éclaircies se succédaient ; il y avait une atmosphère non tant de morosité que d'austérité. La plupart des fermes devant lesquelles il passait étaient abandonnées. En approchant des lieux, il eut le sentiment que le camp de vacances et la campagne environnante avaient la puissance d'une création isolée — ou peut-être était-ce parce que dans son expérience, étés et colonies étaient des interludes déconnectés du reste du temps. Enfin, depuis une hauteur, il aperçut le camp en contrebas. Il y avait là un lac — ou plutôt un petit étang, en fait, l'un de ces étangs dont l'eau couleur de thé et les bosquets de pins donnent une impression d'épuisement géologique. Ses réminiscences de colonie de vacances étaient lumineuses et ensoleillées et ce trou d'eau désolé, avec ces cabanes en lattes bouvetées pourrissantes, se heurta violemment à ses souvenirs enjoués. Il se dit — il se répéta avec conviction — que tout devait paraître très différent quand le soleil brillait. Des flèches indiquaient la direction du bâtiment administratif, où la directrice l'attendait. C'était une jeune femme aux yeux bleus dont l'efficacité n'avait pas complètement éclipsé la beauté.

« Nous avons quelques problèmes avec votre fils, déclara-t-elle. Il ne s'adapte pas franchement bien. C'est très inhabituel. Nous n'avons que rarement, voire jamais, des cas d'enfants qui se languissent de chez eux. La seule exception, c'est quand nous accueillons des enfants provenant de familles séparées, et nous essayons de ne jamais le faire. Nous pouvons gérer les problèmes habituels, mais pas ceux d'un enfant qui arrive avec plus que sa part de chagrins. En règle générale, nous refusons les demandes d'inscription concernant les enfants de familles divorcées.

— Mais Mrs Madison et moi ne sommes pas divorcés, rétorqua Georgie.

— Oh, je l'ignorais. Vous êtes séparés ?

— Non, nous ne sommes pas séparés.

Mrs Madison est en voyage en Europe, mais je la rejoins demain.

— Oh, je vois. Eh bien, dans ce cas, je ne comprends pas pourquoi Bibber met tellement de temps à s'adapter. Mais voici Bibber, qui nous a raconté toutes ses petites histoires ! »

L'enfant rejeta la main de la femme qui l'accompagnait et se précipita vers son père. Il était en larmes.

« Là, là, dit la directrice. Papa n'a pas fait tout ce chemin pour voir un pleurnichard, hein, Bibber ? »

Georgie sentit son cœur se serrer d'amour et de confusion. Il embrassa l'enfant pour sécher ses larmes et le serra contre sa poitrine.

« Vous aimeriez peut-être faire une petite promenade avec Bibber, suggéra la directrice. Peut-être qu'il aimerait vous faire visiter les lieux. »

Georgie, sa main prisonnière de celle de l'enfant, se dut d'affronter certaines responsabilités qui transcendaient l'amour qu'il éprouvait pour son fils. Son instinct lui dictait d'emmener Bibber avec lui ; son devoir était de l'encourager à endosser les fardeaux de l'existence.

« Quel est ton endroit préféré ici, Bibber ? » demanda-t-il sans enthousiasme, avec une conscience aiguë de la stupidité de son intonation, et la conviction qu'elle était nécessaire. « Je veux que tu me montres ton endroit préféré dans le camp tout entier.

— Je n'ai pas d'endroit préféré », dit Bibber.

Il essayait vainement de se retenir de pleurer.

« Ça, c'est le réfectoire », dit-il en désignant une baraque longue et laide.

On avait cloué des planches neuves de bois jaune à la place de celles qui avaient pourri.

« C'est là que vous jouez vos pièces de théâtre ? demanda Georgie.

— Il n'y a pas de pièces de théâtre, dit l'enfant. La dame qui s'occupait de ça est tombée malade et elle a dû rentrer chez elle.

— C'est là que vous chantez ?

— Papa, ramène-moi à la maison, s'il te plaît.

— Mais je ne peux pas, Bibber. Maman est en Europe et je prends l'avion demain pour la rejoindre.

— Mais je peux rentrer à la maison *quand* ?

— Pas avant la fin de la colonie de vacances. »

Georgie lui-même sentit un peu du poids implacable de cette phrase. Il entendit le souffle de l'enfant se précipiter sous l'effet de la douleur. Quelque part s'éleva la sonnerie d'un clairon. Luttant pour concilier son devoir et ses instincts, Georgie s'agenouilla et prit le petit garçon dans ses bras.

« Je ne peux pas envoyer un télégramme à maman et lui dire que je ne viens pas, tu comprends. Elle m'attend. Et de toute façon, ce n'est pas pareil à la maison quand maman n'est pas là. Je dîne dehors et je ne suis pas là de la journée. Il n'y aurait personne pour s'occuper de toi.

— J'ai participé à toutes les activités », déclara le petit garçon d'un ton plein d'espoir.

C'était son dernier appel à la clémence et, quand il vit que c'était inutile, il murmura :

« Il faut que j'y aille. C'est l'heure de la troisième leçon. »

Il s'éloigna dans un sentier de terre battue entre les pins. Georgie regagna le bâtiment administratif en réfléchissant au fait que lui-même avait aimé les colonies de vacances, qu'il y avait été l'un des garçons les plus populaires et qu'il ne voulait jamais rentrer chez lui.

« Je pense que les choses vont certainement s'arranger, déclara la directrice. Dès qu'il arrêtera de bouder, il s'amusera beaucoup plus que les autres. Je vous suggérerais néanmoins de ne pas rester trop longtemps. Il a une leçon d'équitation maintenant. Et si vous alliez le regarder, et que vous partiez avant la fin du cours ? Il est fier de sa façon de monter à cheval, et de cette façon vous éviterez des adieux pénibles. Ce soir, nous avons une soirée feu de camp et nous allons chanter tous ensemble. Je suis sûre qu'il ne souffre de rien qui ne puisse être guéri par quelques chansons avec ses camarades autour d'une belle flambée. »

Tout cela semblait plausible à Georgie, qui pour sa part aimait chanter devant un bon feu de camp. Y avait-il des chagrins d'enfant qui ne puissent être soignés par une interprétation exaltante de *The Battle Hymn of the Republic*[1] ? Il se dirigea vers la carrière en chantant : *They have builded him an altar in the evening dews*

1. Chant patriotique américain datant de la guerre de Sécession.

and damps… Il s'était remis à pleuvoir, et Georgie ne pouvait dire si le visage du petit garçon était mouillé à cause des larmes ou des gouttes de pluie. Bibber se trouvait sur un cheval que le palefrenier conduisait autour de la carrière. Il adressa un signe de la main à son père et faillit être désarçonné. Quand l'enfant eut le dos tourné, Georgie s'en alla.

Il prit l'avion jusqu'à Trévise puis le train jusqu'à Venise, où Jill l'attendait dans un hôtel suisse situé au bord d'un des petits canaux. Leurs retrouvailles furent ardentes et s'il remarqua qu'elle était fatiguée et avait maigri, il ne l'en aima pas moins. Cela avait dû être une tâche rigoureuse et épuisante que de guider ses agneaux à travers l'Europe. Il eut envie, alors, de quitter leur hôtel médiocre pour Cipriani, de louer une cabine au Lido et de passer une semaine sur la plage. Mais Jill refusa d'aller à Cipriani — ce serait plein de touristes — et, au matin de leur deuxième jour à Venise, elle se leva à 7 heures, prépara du café instantané dans un verre à dents et entraîna son mari à la messe de 8 heures à Saint-Marc. Il connaissait déjà Venise, et Jill savait — ou aurait dû savoir — qu'il ne s'intéressait pas à la peinture ou aux mosaïques mais elle le traîna, pour ainsi dire, d'un monument à l'autre. Il songea qu'elle avait dû prendre l'habitude de courir les lieux touristiques et que la meilleure chose à faire était d'attendre avec tact que cela lui passe. Il proposa qu'ils aillent déjeuner chez Harry et elle répliqua : « Grands dieux, mais comment peux-tu dire une chose pareille, Georgie ? » Ils déjeunèrent dans une *trattoria* et visitèrent des églises et des musées jusqu'à l'heure de la fermeture. Le lendemain matin, il lui suggéra d'aller au Lido, mais elle avait déjà pris ses dispositions pour qu'ils aillent visiter les villas de Maser.

Pendant leur séjour à Venise, Jill déploya toutes ses compétences de guide touristique, sans que Georgie puisse comprendre pourquoi. Nous aimons, dans notre grande majorité, faire étalage de notre connaissance du monde, mais il ne pouvait déceler la moindre trace de plaisir dans cette frénésie. Certains aiment passionnément la peinture et l'architecture, mais il n'y avait aucune passion dans la façon dont Jill abordait les trésors de Venise. Pour Georgie, le culte du beau était un mystère, mais la beauté était-elle censée réduire à néant tout sens de l'humour ? Un après-midi très chaud, plantée devant la façade d'une église, elle lui asséna une conférence tirée de son guide, lui récitant des dates, les détails de combats navals et ainsi de suite, lui brossant les grandes lignes de l'histoire de la République comme si elle le préparait pour un examen. La lumière était vive et peu flatteuse et, à cause de l'ambiance généralement festive de Venise, l'érudition, la sévérité de l'enthousiasme de la jeune femme étaient dénuées de grâce. Elle essayait de bien lui faire comprendre qu'il fallait prendre Venise au sérieux. Et était-ce cela, se demandait-il, la signification, la somme de ces marbres scintillants, de ce lieu labyrinthique et délabré, baigné par l'odeur forte et ancienne de l'eau de cale ? Il passa un bras autour d'elle et dit :

« Laisse tomber, ma chérie. »

Elle le repoussa et répliqua :

« Je ne sais pas du tout de quoi tu parles. »

Si elle avait perdu une adresse, un enfant, un portefeuille, un collier de perles ou quelque autre objet de valeur, elle n'aurait pas arpenté Venise de façon plus éreintante ou exhaustive. Il passa le reste de leur séjour à Venise à l'accompagner dans cette quête mystérieuse. De temps en temps, il songeait à Bibber dans sa colonie de vacances. Ils repartirent pour les États-Unis de l'aéroport de Trévise et, dans la lumière moins crue et plus familière de Gordenville, Jill sembla redevenir celle qu'elle était. Ils reprirent leur existence heureuse et firent fête à Bibber quand celui-ci revint de colonie.

« N'est-elle pas divine, n'est-ce pas la période la plus divine de l'architecture américaine contemporaine ? » avait coutume de demander Jill en faisant visiter à leurs invités la grande maison à bardeaux. Celle-ci avait été construite en 1870 et avait de longues fenêtres, une salle à manger ovale et une écurie surmontée d'un belvédère. Elle devait être difficile à entretenir, mais ces difficultés — lors des soirées, du moins — n'étaient jamais perceptibles. Les pièces hautes de plafond étaient remplies de lumière et dotées d'une certaine grâce — austères, mornes et superbement équilibrées. Les responsabilités sociales évidentes incombaient toutes à Jill ; la conversation de Georgie se limitait à l'industrie navale, mais il préparait les cocktails, découpait le rôti et versait le vin. Il y avait un feu dans la cheminée, il y avait des fleurs, les meubles et l'argenterie brillaient, et personne ne savait, personne n'aurait deviné que c'était lui qui polissait les meubles et les fourchettes.

« Ce n'est pas mon style de faire le ménage », avait décrété Jill, et il était assez intelligent pour voir ce que sa remarque avait de fondé ; assez intelligent pour ne pas attendre de son épouse qu'elle modifiât l'image de femme instruite qu'elle se faisait d'elle-même. C'était la source d'une grande partie de sa vitalité et de son bonheur.

Lors d'un hiver très rude, ils ne parvinrent pas à trouver la moindre domestique. Une cuisinière excentrique venait quand ils avaient des invités, mais Georgie devait se charger du reste du ménage. C'est l'année où Jill étudiait la littérature française à Columbia et essayait de finir d'écrire son livre sur Flaubert. Lors d'une soirée familiale typique, Jill, assise à son bureau dans leur chambre, rédigeait son livre. Bibber dormait. Georgie, à la cuisine, astiquait les cuivres et l'argenterie. Il buvait du whisky.

Il était environné par des coffrets à cigarettes, des chenets, des coupes, des aiguières, et un grand coffre d'argenterie de table. Il n'aimait pas astiquer l'argenterie, mais s'il ne le faisait pas, elle noircirait. Comme l'avait dit Jill, ce n'était pas son style. Ce n'était pas non plus celui de Georgie, pas plus qu'il n'avait été éduqué ainsi, mais si ce n'était pas un intellectuel, comme le disait Jill, il n'était pas fruste au point d'accepter les vulgarités et les lieux communs qu'on associe à la lutte pour l'égalité des sexes. Cette lutte était récente, il le savait ; elle était bien réelle ; elle était inexorable ; et, si Jill se dérobait devant ses tâches domestiques, il devinait qu'il n'était pas impossible que ce fût à contrecœur. Elle avait reçu une éducation de femme instruite, son émancipation était encore fragile dans de nombreux domaines et, puisqu'elle paraissait avoir plus de latitude, détenir une position traditionnelle plus forte, c'est à lui, l'homme, qu'il revenait de céder sur des sujets tels que les tâches ménagères. Il savait qu'elle n'avait pas choisi d'avoir reçu cette éducation mais ce choix, que d'autres avaient fait, semblait irrévocable. De par la nature de son sexe, il prêtait à sa femme douceur, chaleur, et les forces absolues de l'amour ; mais pourquoi, se demandait-il en astiquant les fourchettes, semblait-il y avoir une contradiction entre ces attributs et le fait d'avoir un esprit affûté ? L'intelligence, il le savait, n'était pas un attribut masculin, bien que la tradition eût mis les pouvoirs décisifs entre les mains des hommes depuis de si nombreux siècles que cette suprématie ancestrale nécessiterait une désaccoutumance. Mais pourquoi son instinct l'amenait-il à attendre de la femme dans les bras de laquelle il reposait chaque nuit qu'elle se donne au moins la peine de dissimuler sa culture ? Pourquoi l'immense amour qu'il éprouvait pour son épouse semblait-il ne pas s'accommoder de la capacité de cette dernière à comprendre la théorie des quantas ?

Jill descendit au rez-de-chaussée et, se plantant dans l'embrasure de la porte de la cuisine, le regarda travailler. Elle était emplie de tendresse. Quel homme bon, gentil, déterminé et séduisant elle avait épousé ! Quelle fierté lui inspirait leur maison ! Mais alors, tandis qu'elle continuait à l'observer, elle éprouva un frisson spirituel, un doute intense.

Était-il, penché au-dessus de la table de la cuisine et attelé à une tâche féminine, réellement un homme ? Avait-elle épousé une moitié d'homme, une aberration ? Prenait-il du plaisir à porter un tablier ? Était ce un travesti ? Et elle-même, était-elle anormale ? Mais c'était une chose inadmissible, et le raisonnement qui l'aurait amenée à comprendre qu'il astiquait l'argenterie parce qu'il y était obligé l'était tout autant. Soudain, un individu vague et bestial apparut dans un coin de son imagination, un marin velu et ivre qui l'aurait battue le samedi soir, l'aurait corrompue avec ses appétits grossiers et l'aurait obligée à frotter le sol à quatre pattes. Voilà le genre d'homme qu'elle aurait dû épouser. Voilà quel était son destin. Il leva les yeux, lui sourit avec gentillesse et lui demanda comment son travail avançait. *« Ça marche, ça marche* * », dit-elle d'un ton las, et elle retourna s'asseoir à son bureau à l'étage. « Le petit Gustave ne s'entendait pas du tout avec ses camarades d'école, écrivit-elle. Il était impopulaire au plus haut point... »

Une fois ses tâches ménagères terminées, il

* En français dans le texte.

entra dans la chambre. Il fit courir une main légère dans les cheveux de sa femme.

« Laisse-moi juste finir ce paragraphe », dit-elle.

Elle l'entendit prendre une douche, entendit ses pieds nus sur la moquette tandis qu'il traversait la chambre et, d'un bond, se mettait joyeusement au lit. Mue autant par le devoir que par le désir, mais l'esprit toujours habité par les chefs-d'œuvre de Flaubert, elle fit sa toilette, se parfuma et rejoignit son mari dans leur vaste lit qui, avec ses draps propres et odorants et ses flaques de lumière régulières, évoquait en effet une tonnelle. *« Bosquet* *, songea-t-elle, *brume, bruit* *. » Alors, se redressant dans ses bras, elle s'exclama : *« Elle avait lu* Paul et Virginie *et elle avait rêvé la maisonnette de bambous, le nègre Domingo, le chien Fidèle, mais surtout l'amitié douce de quelque bon petit frère, qui va chercher pour vous des fruits rouges dans des grands arbres plus hauts que des clochers, ou qui court pieds nus sur le sable, vous apportant un nid d'oiseau* *... »

« Bon Dieu de bon Dieu ! » s'exclama-t-il.

Sa voix était empreinte d'une profonde

amertume. Il sortit du lit, prit une couverture dans le placard et alla se coucher au salon.

Elle se mit à pleurer. Il était jaloux de son intelligence, elle le voyait bien. Mais était-elle censée se faire passer pour une idiote pour paraître séduisante ? Pourquoi s'emporter parce qu'elle avait dit quelques mots en français ? Présumer que l'intelligence, le savoir, les fruits mêmes de l'éducation étaient des attributs masculins était une attitude dépassée depuis une bonne centaine d'années. Puis il lui sembla que la tension à laquelle cette cruauté soumettait son cœur était trop forte. Elle eut l'impression de sentir l'une de ses attaches céder, comme si cet organe était un tonneau empli de tant de peine que — à l'image des coffres aux trésors brisés de l'enfance — ses flancs avaient cédé. « Intelligence » fut le mot auquel elle revint — ce qui se jouait était l'intelligence. Et, pourtant, ce mot n'aurait pas dû être empreint de la souffrance qu'elle éprouvait en cet instant. Ce n'était qu'un sujet de discussion, mais il avait la sensibilité, alors, de la chair et du sang. Elle se trouvait face aux os nus de la souffrance, nettoyés dans la cocotte et polis par les crocs du chien de chasse ; cette intelligence avait le goût de la mort. Elle s'endormit à force de pleurer.

Plus tard, un grand fracas la réveilla. Elle fut prise de frayeur. Se pouvait-il qu'il lui fasse du mal ? Quelque chose s'était-il détraqué dans la machinerie complexe de la vieille demeure ? Étaient-ce des cambrioleurs ? Un incendie ? Le bruit avait retenti dans leur salle de bains. Elle trouva Georgie nu, à quatre pattes par terre. Il avait la tête sous le lavabo. Elle se dirigea rapidement vers lui et l'aida à se hisser sur ses pieds.

« Je vais bien, marmonna-t-il. Je suis juste complètement ivre. »

Elle l'aida à regagner leur lit, où il s'endormit aussitôt.

Quelques jours plus tard, ils recevaient à dîner et toute l'argenterie que Georgie avait astiquée fut mise en service. La soirée se déroula sans accroc. L'un de leurs invités, un avocat, leur raconta un scandale du coin. L'État et les gouvernements locaux venaient de donner leur feu vert pour la construction d'un segment de route nationale de quatre cents mètres de long, destiné à relier deux routes à plusieurs voies bordées d'espaces verts. Le coût était estimé à trois millions de dollars, d'après le devis fait par un entrepreneur du nom de Felici. La route allait détruire un vaste parc à la française qui était entretenu et ouvert au public depuis un demi-siècle. Le propriétaire du parc, un octogénaire, vivait à San Francisco et était soit impuissant, soit indifférent, soit paralysé par l'indignation. Le segment de route n'était d'aucune utilité. Il n'existait aucune étude des flux de circulation prouvant qu'il était le moins du monde utile. Un parc magnifique et une bonne part de l'argent des contribuables allaient être offerts sur un plateau à un entrepreneur cupide et dénué de scrupules.

C'était le genre d'histoires qu'aimait Jill. Elle avait les yeux brillants et les joues en feu. Georgie l'observait avec un mélange de fierté et de consternation. Le zèle citoyen de son épouse avait été titillé, et il savait qu'elle s'attaquerait au scandale jusqu'à obtenir un résultat. Elle était ravie de ce défi mais c'était, ce soir-là, un bonheur qui englobait sa maison, son mari, son mode de vie. Le lundi matin, elle prit d'assaut les différentes commissions qui contrôlaient la construction des grandes routes et vérifia les faits concernant le scandale. Puis elle mit sur pied un comité et fit circuler une pétition. Ils trouvèrent une vieille femme du nom de Mrs Haney pour prendre soin de Bibber, et une lycéenne vint lui faire la lecture l'après-midi. Jill se consacrait à son travail, les yeux brillants, excitée.

Cela se passait en décembre. Un jour, en fin d'après-midi, Georgie quitta son bureau de Brooklyn et alla faire des achats à New York. Tous les hauts buildings situés aux alentours de la Quarantième Rue étaient cachés par des nuages, mais il sentait leur présence au-dessus de sa tête comme celle d'une chaîne de montagnes familière. Il avait les pieds mouillés, et mal à la gorge. Les rues étaient bondées de monde et les décorations dans les vitrines étaient pour la plupart disposées à un angle tel que leur sens lui échappait. Il voyait la marquise de lumière chez Lord & Taylor's, mais n'apercevait que les mentons et les habits de cérémonie du chœur planté le long de la vitrine de Saks. Des rafales de musique sainte s'élevaient en vacillant dans la pluie. Il marcha dans une flaque. Il faisait aussi sombre qu'en pleine nuit ; cela semblait être, par contraste avec les innombrables lumières, la plus sombre des nuits. Il entra chez Saks. À l'intérieur du magasin, les scènes de pillage perpétrées dans une éclatante lumière par des individus bien vêtus l'arrêta. Il resta immobile sur le côté pour éviter d'être piétiné par la foule qui se frayait un chemin de part et d'autre des portes. Il sentait clairement les premiers symptômes d'un rhume. Une femme qui se tenait à ses côtés laissa tomber des paquets, et il les ramassa. Elle avait des traits agréables, portait un manteau de vison noir et ses pieds, il le remarqua, étaient encore plus mouillés que les siens. Elle le remercia, et il lui demanda si elle allait se lancer à l'assaut des comptoirs.

« Je me disais que oui, répondit-elle, mais à présent je pense que non. J'ai les pieds mouillés, et j'ai l'impression affreuse d'avoir attrapé un rhume.

— Moi aussi. Trouvons un endroit tranquille et buvons un verre.

— Oh, mais je ne peux pas faire une chose pareille, répliqua-t-elle.

— Pourquoi pas ? C'est la fête, non ? »

La soirée obscure parut métamorphosée par ce mot. Elle était censée être festive ; c'était le sens des chants et des lumières.

« Je n'y avais jamais pensé sous cet angle-là, dit-elle.

— Venez. »

Il lui prit le bras et l'entraîna dans l'avenue jusqu'à un bar tranquille. Il leur commanda à boire et éternua.

« Vous devriez prendre un bain chaud et aller au lit », dit-elle.

Son inquiétude semblait purement maternelle. Il se présenta. Elle lui dit qu'elle s'appelait Betty Landers. Elle avait un mari médecin, une fille mariée et un fils en dernière année à Cornell University. Elle était très souvent seule, mais récemment elle s'était mise à la peinture. Elle fréquentait l'Art Students League trois fois par semaine, et elle avait un atelier dans le Village. Ils burent trois ou quatre verres, puis ils prirent un taxi pour aller voir son atelier.

Ce n'était pas l'idée que Georgie se faisait d'un tel lieu. Il s'agissait d'un deux-pièces situé dans l'un des immeubles neufs près de

Washington Square, qui ressemblait un peu à la bonbonnière d'une vieille fille. Elle lui montra ses trésors — c'est le nom qu'elle leur donnait : le bureau qu'elle avait acheté en Angleterre, le fauteuil qu'elle avait acheté en France, la lithographie signée Matisse... Elle avait les cheveux et les sourcils bruns, un visage mince, et elle aurait pu être vieille fille. Elle lui servit un verre et, quand il demanda à voir ses toiles, elle refusa avec modestie ; il eut néanmoins l'occasion de les voir plus tard, empilées dans la salle de bains où son chevalet et son matériel de peinture étaient soigneusement rangés. Pourquoi ils devinrent amants, pourquoi, en présence de cette inconnue, il se retrouva soudain sans inhibitions et sans ses vêtements, il ne le comprit jamais. Elle n'était plus très jeune. Ses coudes et ses genoux étaient un peu noueux, comme si elle était une lointaine cousine de Daphné et qu'elle allait bientôt être transformée non pas en un arbuste fleuri, mais en un arbre rustique et commun.

Ils prirent l'habitude de se retrouver deux ou trois fois par semaine. Il n'apprit jamais grand-chose à son sujet, si ce n'est qu'elle habitait Park Avenue et qu'elle était souvent seule. Elle s'intéressait à la façon dont il s'habillait et le tenait au courant des soldes des grands magasins. Elle lui parlait essentiellement de cela. Assise sur ses genoux, elle lui annonçait que les cravates étaient en soldes chez Saks, les chaussures en soldes chez Brooks et les chemises en soldes chez Altman. À cette époque, Jill était si absorbée dans sa campagne qu'elle remarquait à peine quand il arrivait et s'en allait, mais un soir qu'il était assis au salon tandis qu'elle téléphonait à l'étage, il eut le sentiment de s'être conduit d'une façon minable. Il eut le sentiment qu'il était temps que sa liaison, qui avait commencé par un sombre après-midi avant Noël, s'achève. Il prit du papier à lettres et écrivit à Betty : « Ma chérie, je pars pour San Francisco ce soir et je serai absent pendant six semaines. Je pense, et je suis sûr que tu seras d'accord avec moi, qu'il est mieux que nous ne nous revoyions pas. » Il rédigea une seconde version de la lettre, remplaçant San Francisco par Rome, et l'envoya à l'atelier de sa maîtresse, dans le Village.

Le lendemain soir, quand il rentra, Jill

menait campagne au téléphone. Mathilde, la lycéenne, faisait la lecture à Bibber. Il échangea quelques mots avec son fils, puis alla se servir un verre à l'office. Il s'y trouvait encore quand il entendit les talons de Jill dans l'escalier. Ils semblaient résonner selon un rythme rapide et vengeur et, quand elle entra dans l'office, elle avait le visage pâle et tiré. Ses mains tremblaient, et dans l'une d'elles se trouvait la première des lettres qu'il avait écrites.

« Qu'est-ce que ça veut dire ? lança-t-elle.

— Où as-tu trouvé ça ?

— Dans la corbeille à papier.

— Je vais t'expliquer, dit-il. Assieds-toi, s'il te plaît. Assieds-toi un instant, et je vais t'expliquer toute l'histoire.

— Je suis obligée de m'asseoir ? J'ai énormément de travail.

— Non, tu n'es pas obligée, mais est-ce que tu pourrais fermer la porte ? Mathilde peut nous entendre.

— Je n'arrive pas à croire que tu aies quoi que ce soit à dire qui nécessite de fermer une porte.

— Voici ce que j'ai à dire, dit-il. (Il ferma

la porte.) En décembre, juste avant Noël, j'ai pris une maîtresse, une femme qui se sentait seule. Je ne peux pas expliquer pourquoi je l'ai choisie. C'est peut-être parce qu'elle a son propre appartement. Elle n'est plus très jeune ; ce n'est pas une beauté. Ses enfants sont grands. Son mari et elle habitent Park Avenue.

— Oh, mon Dieu, dit Jill. Park Avenue ! (Elle éclata de rire.) J'adore ce détail. J'aurais pu me douter que si tu t'inventais une maîtresse, elle habiterait Park Avenue. Tu es un tel péquenaud.

— Tu crois que j'ai inventé tout ça ?

— Oui, je le crois. Je crois que tu as imaginé toute cette histoire pour essayer de me faire souffrir. Tu n'as jamais eu beaucoup d'imagination. Tu t'en serais peut-être mieux tiré si tu avais goûté des Thackeray. Franchement. Une matrone de Park Avenue. Tu n'aurais pas pu inventer quelque chose de plus savoureux ? Une étudiante de Vassar aux flamboyants cheveux roux ? Une chanteuse de night-club de couleur ? Une princesse italienne ?

— Tu crois vraiment que j'ai tout imaginé ?

— Oui, en effet. Je pense que c'est une pure invention, et une invention méprisable, mais dis-m'en plus, dis-m'en plus sur ta matrone de Park Avenue !

— Je n'ai rien de plus à dire.

— Tu n'as rien de plus à dire parce que tes facultés d'imagination te font défaut. Je me trompe ? Si je peux te donner un conseil, mon vieux, c'est de ne jamais t'embarquer dans quoi que ce soit qui nécessite d'avoir beaucoup d'imagination. Ça n'a jamais été ton fort.

— Tu ne me crois pas.

— En effet, et si je te croyais, je ne serais pas jalouse. Les femmes comme moi ne sont pas jalouses. J'ai des choses autrement plus importantes à faire. »

À cette période de leur vie conjugale, les démarches entreprises par Jill contre la commission des routes firent office de pont suspendu sur lequel il leur était possible de se déplacer, de se voir, de discuter et de dîner, juchés en sécurité au-dessus de leurs sentiments. La jeune femme se battait pour obtenir une audience publique et devait se présenter devant la commission avec des pétitions et des documents établissant la gravité du dossier, et le nombre de sympathisants influents qu'elle était parvenue à rallier à sa cause. Par malchance, Bibber, au même moment, attrapa un mauvais rhume et il fut difficile de trouver quelqu'un pour le garder. De temps en temps, Mrs Haney venait s'asseoir à son chevet et, l'après-midi, Mathilde lui faisait la lecture. Quand Jill dut se rendre à Albany, Georgie s'absenta une journée du bureau afin qu'elle puisse y aller. Il resta également à la maison le jour où elle eut un rendez-vous important alors que Mrs Haney ne pouvait pas venir. Elle lui était sincèrement reconnaissante de ces sacrifices, et il n'éprouvait qu'admiration pour l'intelligence et la ténacité de son épouse. Ses qualités d'avocate et d'organisatrice étaient très supérieures aux siennes. Elle devait se présenter devant la commission un vendredi, et il se réjouissait à l'idée que cette partie-là de leur combat, au moins, soit derrière eux. Ce vendredi-là, il rentra du bureau vers 18 heures. Il appela : « Jill ? Mathilde ? Mrs Haney ? » mais il n'y eut pas de réponse. Il se débarrassa en hâte de son chapeau et de son manteau et monta quatre à quatre l'escalier menant à la chambre de Bibber. Il y avait de la lumière, mais le petit garçon était seul et paraissait dormir. Épinglé à son oreiller se trouvait le mot suivant : « Chère Mrs Madison ma tante et mon oncle sont venus nous rendre visite et je dois rentrer chez moi pour aider ma mère. Bibber est endormi il ne s'en apercevra même pas. Excusez-moi. Mathilde. » Sur l'oreiller, près du mot, il y avait une tache de sang rouge foncé. George toucha légèrement l'enfant et le sentit brûlant de fièvre. Puis il essaya de le réveiller, mais Bibber n'était pas endormi : il était inconscient.

Georgie humidifia les lèvres de l'enfant avec de l'eau, et celui-ci reprit conscience le temps de jeter ses bras autour de son père. Il était bouleversant de voir un être si jeune et innocent accablé par une maladie grave, et Georgie fondit en larmes. Un amour tumultueux et puissant emplissait la petite pièce et il dut réfréner ses sentiments de crainte que la force de son étreinte ne blesse l'enfant. Ils se tinrent étroitement enlacés. Puis Georgie appela le médecin. Il l'appela dix fois, et chaque fois il entendit la tonalité idiote et frustrante indiquant que la ligne était occupée. Puis il téléphona à l'hôpital et demanda à ce qu'on lui envoie une ambulance. Il enveloppa le petit garçon dans une couverture et le porta en bas de l'escalier, immensément reconnaissant d'avoir au moins cela à faire. Il ne fallut que quelques minutes à l'ambulance pour arriver.

Jill s'était arrêtée le temps de prendre un verre avec l'une de ses assistantes, et elle franchit la porte une demi-heure plus tard. « Acclamez l'héroïne victorieuse ! s'écria-t-elle en entrant dans la maison vide. Nous obtiendrons notre audience, et les perfides chacals sont en fuite. Felici lui-même a semblé ému par mon éloquence, et Carter a dit que j'aurais dû être avocate. J'ai été tout simplement sensationnelle. »

Citation : « INTL PD FLORENCE VIA RCA 22 23 9 H 35 AMELIA FAXON CHIDCHESTER C/O AMEXCO : BIBBER EST MORT D'UNE PNEUMONIE MARDI DERNIER. PEUX-TU VENIR ICI OU PUIS-JE TE REJOINDRE. BAISERS, JILL. »

Amelia Faxon Chidchester séjournait chez son amie de longue date, Louisa Trefaldi, à Fiesole. Le 21 janvier, en fin d'après-midi, elle se rendit en vélo à Florence. C'était une vieille Dutheil au siège très en hauteur, qui l'élevait un peu au-dessus des petites voitures. Elle pédalait, imperturbable, parmi les pires conducteurs du monde. Sa vie était menacée à chaque instant par une Vespa ou un tram, mais elle ne cédait devant personne et l'expression de son visage coloré était sereine. Juchée entre ciel et terre, se déplaçant à l'allure somnambulique propre aux cyclistes, souriant avec douceur à la mort qui la menaçait à chaque intersection, elle paraissait quelque peu surnaturelle, et peut-être était-ce parce qu'elle croyait l'être. Son sourire était paisible, mystérieux et imperturbable, et l'on avait le sentiment que, si elle avait été désarçonnée, elle n'aurait pas perdu cette expression de patience tandis qu'elle volait dans les airs. Elle traversa un pont, descendit de vélo avec grâce et longea le fleuve jusqu'au bureau de l'American Express. Elle glapit une formule de salutation en italien, car elle tenait beaucoup à se distinguer des cow-boys américains sans chevaux, et surtout de ses pareils, hommes et femmes perdus, indésirables, qui errent comme des feuilles mortes à la périphérie du monde, et se regroupent juste le temps de faire la queue pour voir s'ils ont reçu du courrier. La pièce était pleine de monde et elle lut son câble tragique au milieu de la foule. Son expression n'aurait pu permettre d'en déchiffrer le contenu. Elle soupira profondément et releva la tête. Elle semblait avoir gagné en noblesse. Elle rédigea sur-le-champ sa réponse : « NO POSSO TORNARE TANTI BACI FERVIDI. MELEE. »

« Ma chérie, écrivit-elle ce soir-là, je suis absolument désolée d'apprendre cette dramatique nouvelle. Je ne peux que remercier le ciel de ne pas l'avoir mieux connu, mais j'ai dans ce domaine une expérience considérable et je suis arrivée à un âge où je n'aime pas particulièrement m'attarder sur le sujet de la mort. Il n'est ici aucune rue, aucun bâtiment, aucun tableau qui ne me rappelle Berenson, mon cher Berenson. La dernière fois que je l'ai vu, j'étais assise à ses pieds et je lui ai demandé devant quel tableau du monde entier il demanderait à être transporté s'il possédait un tapis volant. Sans un instant d'hésitation, il a choisi la *Madone* de Raphaël à l'Ermitage. Il m'est impossible de rentrer.

Voici la vérité : je n'aime pas mes compatriotes. En ce qui concerne ta venue, j'habite à présent chez ma chère Louisa et, comme tu le sais, elle considère qu'à partir de trois personnes, il y en a au moins une de trop. Peut-être qu'à l'automne, quand ton deuil sera moins douloureux, nous pourrons nous retrouver quelques jours à Paris et revoir certains de nos lieux préférés. »

Georgie fut anéanti par la mort de son fils. Il en rejeta la faute sur Jill, ce qui était cruel et injuste, et il sembla pour finir qu'il était capable d'être les deux. À sa demande, elle alla à Reno et obtint un divorce par consentement mutuel. Tout cela fut orchestré par Georgie de façon à prendre l'allure d'un châtiment. Par la suite, Jill trouva du travail chez un éditeur de manuels scolaires à Cleveland. Sa perspicacité et son charme furent rapidement reconnus à leur juste valeur et sa réussite professionnelle fut incontestable, mais elle ne se remaria pas ou, du moins, ne s'était pas remariée la dernière fois que j'eus de ses nouvelles. Ce fut par l'intermédiaire de Georgie, qui me téléphona un soir et décréta que nous devions *absolument* déjeuner ensemble. Il était environ 11 heures. Je pense qu'il était soûl. Il ne s'était pas remarié non plus, et au ton amer qu'il a employé pour parler des femmes, ce soir-là, j'ai deviné qu'il ne le ferait jamais. Il m'a parlé de l'emploi de Jill à Cleveland et m'a dit que Mrs Chidchester était en train de traverser l'Écosse à vélo. J'ai pensé alors qu'il était bien inférieur à Jill, bien immature. Quand j'ai dit que je le rappellerais pour convenir d'un déjeuner, il m'a donné son téléphone au chantier naval, son numéro de poste, son téléphone chez lui, le téléphone de sa maison de campagne du Connecticut et celui du club où il déjeunait et jouait aux cartes. J'ai écrit tous ces numéros sur un bout de papier et, quand nous avons raccroché, j'ai jeté le papier à la corbeille.

Composition Bussière
Impression Novoprint
à Barcelone, le 3 décembre 2008
Dépôt légal : décembre 2008

ISBN : 978-2-07-036211-0./Imprimé en Espagne.

163273